［日］渡边淳一 著

李迎跃 译

钝感力

钝感力

青岛出版集团 | 青岛出版社

中文版序

我们的社会是靠人与人之间的关系来维系的。不管你的头脑多么聪明,学习多么优秀,如果不能很好地处理人际关系的话,就无法享受愉快而有意义的人生。

在人际关系方面,最为重要的就是钝感力。当受到领导批评,或者朋友之间意见不合,还有恋人或夫妻之间产生矛盾的时候,不要因为一些琐碎小事郁郁寡欢,而应该以积极开朗、从容淡定的态度对待生活。

钝感力不仅限于精神方面,在身体方面也同样如此,要想不因些许感冒或伤痛等就败下阵来,就必须拥有这种能力。

一个人谨小慎微,凡事看得过重的自寻烦恼的时代,应该宣告终结了。

钝感虽然有时给人以迟钝、木讷的负面印象,但钝感力却是我们赢得美好生活的手段和智慧。

渡边淳一

目 录

第一章　我们丧失了某种才能

在各行各业中取得成功的人们，当然拥有才能，但在他们的才能背后，一定隐藏着有益的钝感力。

钝感就是一种才能，一种能让人们的才华开花结果、发扬光大的力量。

一般来说，提起"迟钝"这个词，人们头脑中联想到的都不是好事。

实际上，"那个人好迟钝"和"那个人很敏锐"这两种评价，可谓是天差地别，如果我们听到别人议论自己反应迟钝，一定会气得火冒三丈。同时，人们口中有关钝感一类的词，也都带有明显的贬义和否定的成分。

然而，如果把迟钝这个词的理解范围稍稍扩大一些，扩展到对人体的各个部位进行考虑，那么反应迟钝在人们心目中的印象，就会发生很大的变化。

譬如，眼下大家都在外面乘凉，露在外面的胳膊被蚊子叮了。

此时小 A 慌忙进行拍打，赶走了蚊子。由于被叮的地方非常痒，于是他开始抓挠，那里很快就变得红肿起来，但是他还不停手，所以接着皮肤就会变得溃烂，转成湿疹。

与之相反，小 B 只是轻轻地拍打一下，把蚊子赶走也就算了，被叮的地方好像并不怎么痒，他一脸毫不在乎的表情。

如此情况下，很明显敏感的是小 A，钝感的是小 B。不用说，从被蚊子叮咬后皮肤瘙痒的程度来看，就能得知小 B 的皮肤相对健康一些。而小 A 皮肤的过于敏感、脆弱、容易受伤也是一目了然的。由此看来，敏感和迟钝相比，有时反应迟钝的皮肤为佳，我们自然就明白了钝感的优越之处。

即使挨骂，也不气馁

下面，我们再从人的心灵，或者称之为精神的这一方面，讨论一下关于迟钝的种种意义。

首先，以一个暂且称为小 K 的男人为例，他在一家公司工作。作为一个白领,小 K 在公司既谈不上优秀,也不算差,属于表现平平的职员。

有一次由于一时疏忽,他在工作上出了个差错。更加倒霉的是,恰好碰上上司心情不爽,所以小 K 在众人面前被上司狠狠地责骂了一顿。

当时周围在场的同事,都对上司的怒骂感到非常震惊,他们十分同情小 K:"唉,刚才那顿臭骂,是否有些太过分了。"甚至有人担心地说:"这样一来,小 K 肯定情绪低落,明天他会不会不来上班?"

可是和同事们预料的正好相反,第二天早上,小 K 和往常一样,按时出现在大家的面前,并且满面笑容地问候众人:"早上好!"他似乎已经将昨天挨骂的事忘得一干二净。

此情此景,使同事们都觉得白替他担心了一场。

面对这样一个小 K,你会怎么看呢?

往好处讲,被上司如此劈头盖脸臭骂一顿,小 K 却毫发无损,依然精神抖擞,他可以算得上是个顽强的佼佼者吧。可话又说回来了,上司那么严厉的斥责,对小 K 都丝毫不起作用,他也真称得上是个"迟钝的家伙"。

与小 K 相比,另一个小 N,同样被上司怒骂了一顿,他却不能像小 K 那样迅速转换心情,回到家之后,仍旧没完没了地沉浸在个人的烦恼和思虑之中。

"我真没用，真是个无可救药的家伙。"他责备自己，然后开始钻牛角尖，"到了这种地步，我怎么可能像什么事都没发生一样，再出现在公司？"第二天，小 N 也许就不去上班了。接下来，他一直摆脱不了这件事的阴影，一而再、再而三地休息，这样拖延下去，恐怕最后他就会辞职。

把钝感的小 K 和敏感的小 N 放在一起比较一下，占绝对优势、值得信赖的还是钝感的一方。

今后无论发生什么事情，若是小 K 的话，他都可以十分顽强地闯过难关，说不定将来还会成为公司的骨干。可是敏感的小 N，在以后的生活中，就会接连不断地遇到挫折，他的朋友们也将渐渐地和他疏远起来。

敏感的 O 先生

这样的钝感力，不仅在公司的上下级关系中显示作用，而且在一般工作中的人际交往乃至朋友关系、男女关系中，也相当重要。

下面是我亲身经历的一件事情，距今已有好几十年了，那时我还是一个初出茅庐的作家，加入了已故的有马赖义先生创办的一个名为"石之会"的文艺沙龙。

这个文艺沙龙聚集了一批年龄在三十岁到四十岁,曾经获得过主流文学新人奖,或曾为直木文学奖或芥川文学奖候选人但最终落选的尚未功成名就的作家。若是依照相扑级别来算,则属于刚刚上榜的一级力士的那一档。

该沙龙有近三十名成员,每月一次的聚会通常在二十人左右,大家聚在有马先生的府邸,一边品尝着有马夫人亲自烹制的料理喝酒,一边随心所欲地交流彼此的创作心得,之后大家都作鸟兽散,所以这是一个十分轻松的沙龙。

后来,这个沙龙之中产生了五六位获得直木文学奖或芥川文学奖的功成名就的作家。此外,还有一位我认为最有才华的名叫O的男作家,他也是沙龙的成员。他那时就已在文学杂志上发表小说了,只要读了他的作品,其才华便一目了然。

然而,因为当时大家都是刚刚入行的作家,所以不可能有多少约稿。多数人都是按照编辑们"写出好的作品了,请拿给我们"的吩咐,一创作完,就送往出版社。对于这些"毛遂自荐的稿件",编辑每次几乎都是"那么,我读一下"这句话,然后就杳无音信了。我们等得不耐烦了,就主动打电话问编辑,得到的回答还是老一套,不是"这篇稿子还不能马上刊登",就是"这里、那里需要修改"。尤其是当自己呕心沥血创作的作品遭遇退稿的时候,那种打击之大,常会令人变得非常消沉。

当然我也有过同样的遭遇，在那种时刻，只能靠说"那个编辑根本不懂小说""发现不了我的才能，真是一个糟糕的家伙"等等来安慰自己，同时跑到新宿便宜的酒吧，埋头喝起闷酒。

说实话，自己花了两个星期或一个月的时间，费尽心血创作出来的作品，就这样被原封不动地退了回来，不靠自说自话或借酒消愁，根本无法排遣心中的郁闷。

我就这样埋头喝上三天三夜，酒醒之后摆脱了郁闷。"好啦，我要重整旗鼓"，这种愿望再次涌向心头。

说起来，那位天赋不错的 O 先生，也有过被退稿的经历。

"那个对小说一窍不通的臭编辑……"我那时以为他也会如此装模作样地抱怨一番，然后借酒消愁一阵子，不久便又会重新燃起创作的欲望。

然而，O 先生高于他人的才华，以及极强的自尊心，使他受到的伤害更深，反而没有那么容易振作起来。

我和他曾有一些交往，可就算我打电话招呼他"你在忙什么呢？"，他也只是无精打采地回答一句"哦……"，根本不知道他想说些什么。"你不用在意那些。"我劝解道。"嗯……"他仍然只是有气无力地应了一声，我这才明白了他所受的打击之大。

新人作家的遭遇，我想现在依然一样，当时像我们这种无名作家，几乎没有编辑会主动打电话过来。因此偶尔有编辑打来电话的时候,我们多少都会有些夸大其词:"眼下,我正在着手写一部全新的作品。""这次的作品,我觉得相当有卖点啊。"试图以此显示我们的积极进取,给对方留下好的印象。

但是,O先生却从不这样,他的回答肯定是翻来覆去、死气沉沉的几句话。说实话,我去他的住处看他,他不是挠头就是叹气,一副阴郁黯淡的神情,根本没有创作新作品的欲望和斗志。

那时我深深体会到没有比那种多少有些才华,但自尊心过强的家伙,更令人担忧的了。

正是由于以上情况,就算编辑打电话过去,也得不到想要的信息;由于创作没有进展,编辑便难以再打电话询问,这样就逐渐形成了一种恶性循环。如此一来,O作家慢慢失去了发表作品的机会,几年后,在文坛的主流杂志上,再也看不到他的名字,他从文坛上消失了。

钝感的力量

后来我常常回想起O先生的事来。像他那样有才华的作家,为什么会从文坛上消失呢?

每当我想到这个问题的时候,各种思绪就会涌入我的脑海,不过最后都会归结到钝感力这个词上。

说句心里话,O先生性格天真、敏感,容易受伤,又因才华出众,故十分自信,所以一旦遇到挫折,其所受伤害也很大,会因消沉而难以东山再起。也就是说,他恐怕是一个"文学路上的少爷"。

的确,像他那种性格的男人,如果一切进展顺利,处于周围掌声不断的环境下,他的才华也许能够得到最大限度发挥。一路顺风的话,O先生没准已经成为大作家了。相反,风向一旦发生变化,O先生恐怕就难以及时调整好心态,从打击中恢复过来的时间太过漫长,结果失去了重整旗鼓的机会。

在此,我重新认识到的是,人们能否成功,不完全取决于才能。也就是说有才能的人并不一定就能成功。

在文坛上,非要举出什么是成功的必要条件的话,那就是有益的钝感力。无须赘言,其前提是需要有一定的才华,而能让才华经过磨炼熠熠生辉的,正是坚韧的钝感力。

假如O先生那时富有钝感力的话,不知他能成为一名多么优秀的作家。

其实,这种事情不仅仅限于文学的世界,在演艺界、体育界,还有在各种各样的企业和公司工作的白领也同样如此。

钝感就是一种才能,一种能让人们的才华开花结果、发扬光大的力量。

第二章 在斥责声中成长的名医

　　对健康而言，最为重要的就是让自己全身的血液总是能够顺畅地流淌。因此，做事不要总是思前想后，即使别人说些不中听的话，也要听完就马上抛到脑后。这种有益的钝感，是保证血液畅通无阻地流淌的重要原因。

　　在上一章中，谈到了即使被斥责也不气馁，能够保持开朗的心情，并很快复原，这是一种才能，本章我再谈一个与之类似的事例。

　　故事中的主角是个医生，与其说他性格开朗能够迅速复原，不如说他原本对斥责就有些无所谓，在他身上潜藏着一种有益的钝感。

提起医生，多数人可能认为医生的职业性格敏感、细腻，其实事情并非如此。相反，像医生那种压力很大的职业，需要的正是钝感。

以"唯唯诺诺"对"嘟嘟囔囔"

以前，我曾在札幌医科大学附属医院当过多年的骨科医生。

从医学院毕业后将近十年里，在札幌医科大学附属医院工作的我就是在前辈们各式各样的斥责声中，一边对自己的无能感到无奈，一边点点滴滴地积累起作为一个医生应有的医术。

当时，指导我的主任教授是一位后起之秀，医术高明，要说他有什么缺点或令人不满的地方，只有一样，就是他总是在手术当中不断地指责医疗部那些协助他的部下。

然而，他也并不是出于什么恶意或是想要惩罚谁，那只是他的一个毛病，喋喋不休地指责别人，例如"手脚太慢""快点儿，拿牢靠些""你眼睛往哪儿看呢？"等等，都是些无关紧要的指责。

说来那些指责就像爱唠叨的幸兵卫的唠叨一般，甚至还有暗合手术节奏的地方，所以若不放在心上的话，也没有多大的事情。而且，当大血管被切断的时候，教授的抱怨就会戛然而止。

所以把他的抱怨连天，当作是他心情良好、手术进展顺利的表现，也就对了。

不过，话说起来虽然简单，可一旦轮到自己被指责的时候，还是会感到有些沮丧和畏缩的。

总而言之，在大学附属医院的医疗部，是严格按照毕业时间的先后顺序论资排辈的，而且在手术室里要绝对服从上司的命令，所以被上司指责、申斥便是家常便饭了。

虽说大家都有充分的心理准备，但和自己喜欢的护士、机械助手等同处一间手术室的时候，如果一直被上司喋喋不休地训斥，在自己喜欢的女孩面前显示不出一点长处，有时也会难过得想要哭上一场。

因此，每当被安排做教授主刀的手术助手时，一想到第二天会受到多少训斥，心中就会感到十分腻烦。

即便如此，刚开始的时候，我只是排在第三、第四位的助手，被教授训斥也理所当然，这样一想我也就认命了。可是比我高三届的 S 医生，也许正因为是教授的第一助手，所以他被教授训斥得最多。

我觉得在各种各样的团体中都有 S 医生那样的人，他身材修长，略微有点驼背，戴了一副好似蜻蜓一般的圆形黑框眼镜，给人一种没什么出息的感觉，一看就是那种容易挨骂的类型。

任何上司看到他,大概都会觉得他属于那种易于呵斥的下属。

每当 S 医生被教授斥责,我都偷偷地在心里表示同情,觉得他是一位十分可怜的医生,可是我发现每当被教授训斥的时候,S 医生的回答都很独特,必定为"是,是""是,是",把"是"轻轻重复两次。

不管教授说些什么,S 医生的回答一成不变。一次我听着听着,甚至觉得教授的呵斥对 S 医生本人毫无影响,仿佛在对牛弹琴似的。

反正,无论教授如何训斥,那位 S 医生都像准备好了似的,一律以"是,是"作答。也许就是这种忠厚的回答,才使得教授的"嘟嘟囔囔"也来得十分坦然。想到这里,我发现教授的"嘟嘟囔囔"和 S 医生的"唯唯诺诺"之间的一唱一和富有节奏,好像捣年糕的人和捣年糕的棒槌一样,配合得非常默契。我甚至觉得正是托 S 医生那句轻轻的"是,是"的福,教授的手术才得以顺利进行。

手术进步最快

这位 S 医生即使遭到训斥,也丝毫不受影响。相反,还能使现场的气氛得到缓和,甚至使整个团队的力量凝聚到了一起。这不能不说是一种十分出色的才能。

不仅如此，这位医生更为了得的地方在于，在手术中被教授那样斥责，一旦手术结束，他立刻忘得一干二净，舒舒服服地泡在洗澡水里。完事以后回到医疗部，他一边喝着啤酒、日本酒，一边和同事们谈笑风生地聊起刚刚结束的手术及其他各种事情。S医生以惊人的速度把一切不快统统丢到了脑后。

与这位开朗的S医生相比，也有那种稍稍受到斥责就备受打击的男人。尤其是那些出身良好，在溺爱中长大，没有习惯被人斥责的男人，仅仅被上司训过一两次，马上就变得失魂落魄，一脸阴沉的表情。还有喝了闷酒之后在外面闹事的。更可笑的是，一位精力旺盛的家伙，居然把沉重的公共汽车站牌标志也给移走了——这些幼稚的举动，根本没有任何意义。

那些经不起训斥的家伙，真应该好好学学S医生那轻轻的"是，是"，学会那种心胸开阔、不屈不挠向前看的精神。

此外，S医生的出色之处不只是开朗豁达地面对自己所受的责骂，而且还在每次一边回答"是，是"，一边完成助手工作的过程中，不断近距离地掌握教授手术中的要点，使得他后来成为医疗部最为出色的外科医生。

从上面的事例中我们也可以明白，是个男人的话，都要成为像S医生一样钝感、经得住打击的人。特别是男孩子，必须有这种顽强的精神。

假如有一个小男孩，母亲对他歇斯底里地大喊大叫："大介，快点儿，这里还有那里，不收拾好不行啊，听明白没有？"孩子却毫不理会，只是嘴上回答"是，是"。"反正妈妈总会累的，累了就不作声了吧。"我希望能够把孩子教育成有这样素质的孩子。

如今仍很健康

后来，S医生当上了一家位于札幌郊外的大医院的院长，现在担任名誉董事长。

两年前，在一次同门聚会上，我见到了好久不见的S医生。虽然他年纪长了不少，可无论外表还是说话方式都和以前毫无两样。我们双方都觉得十分亲切，聊了许久，不管我说些什么，S医生还是老样子，"是，是"点头而已。那种轻声细气、没有什么响动的样子，和过去如出一辙。

到那时我才恍然大悟，S医生原来根本就没怎么认真听人讲话，对方说的事情，他并没有一字一句去听。所以不管教授怎样"嘟嘟囔囔"地抱怨，对他几乎没有产生影响。

因此，S医生现今七十五岁高龄，却无病无灾，十分健康，一副神采飞扬的样子。

我想大家或许已经发现，那些高龄而健硕的人，基本上都不听别人讲话。偶尔听上几句，也是听听就过去了，这种情形可称为自我中心主义者，也可以说是孤芳自赏。往坏的方面讲，也可以称之为我行我素，以自我为中心。不过正是这种不太计较他人言语、不听别人讲话的做法，才是保持健康的秘诀。

也就是说，做事不要总是思前想后，即使别人说些不中听的话，也要听完就马上抛到脑后。这种有益的钝感，与精神上的安定和保持心情愉快密不可分。

现在，各式各样防治疾病的报道不绝于耳，其实没有必要想得过于复杂。对健康最为重要的，就是让自己全身的血液总是能够顺畅地流淌。

为此，需要让全身的血管处于舒张状态。血管的收缩和舒张受自主神经系统调控，尽量使自主神经系统处于舒张状态，这对促使全身的血液循环畅通无阻极为关键。S医生不管遭到怎样的训斥，都能保持绝妙的钝感，所以他的血液循环肯定一直非常通畅。这是他常葆健康的原因。关于这方面的问题，将在下一章进行详细的阐述。

第三章　血液因此畅流

我们血管的收缩和舒张是受自主神经系统调控的，拥有有益钝感力的人，其自主神经不会时常陷入异常的刺激当中，能够让血管尽可能保持舒张状态，从而使血液可以畅通无阻地流遍全身。

前两章着重阐述了钝感力的重要性，本章将围绕钝感力对健康如何有利这一问题进行论述。

何为自主神经

不仅仅是人类，这个世界上生存的所有动物，保持健康的一个绝对条件，就是让全身的血液能够不浑浊、不凝滞，并顺畅无阻地流淌，这是维持健康的基本条件。

那么，什么时候人的血液会出现淤血现象呢？这时就要牵扯到一个问题，即血管和神经的关系。

人体中血管的收缩和舒张受自主神经系统调控。自主神经系统包括交感神经和副交感神经，两者往往起着相反的作用。

比如说，随着紧张、烦躁、不安等情绪的不断加剧，可能会刺激交感神经，引起血管收缩，血压升高。副交感神经的作用正好相反，可以起到使人血管扩张、情绪放松、降低血压的作用。

因为这两种神经总是和血管密切相关，所以血管一直会受交感神经和副交感神经的强烈影响。

因此，为了让血管保持舒张状态，血液顺畅地流淌，就要让血管常处在副交感神经的支配之下。同时，交感神经也处于受抑制状态。

那么，在什么样的情况下，才能使交感神经处于兴奋状态呢？如前所述，精神上的紧张、不安、烦躁，以及情绪上的恼恨、愤怒、憎恶，甚至寒冷等都能造成交感神经的紧张。

与之相反，如感觉舒服的时候，神清气爽的时候，或处于温暖的环境，等等，交感神经则处于平和、松弛的状态之中，能使血管舒张。

写到这里，如何才能使血液顺畅流淌，想来大家已经一清二楚了。

前不久有一篇报道,写一个老年人收容所,为了维护老人们的健康,请来了说单口相声的艺人为大家演出,老人们都非常开心。我明白老人院此举的目的就是让大家通过欢笑,促使血管扩张,血液得以顺畅地流淌,从而击退各种各样的疾病。

保持开朗、放松的心态,是让血液循环畅通无阻的最佳方法。

为什么会得胃溃疡

以前,一提起胃溃疡,人们普遍认为那是由于暴饮暴食、饮酒过度或饭量过大造成的。

然而,根据加拿大生理学家塞里的学说,胃溃疡的形成原因并非那么简单,慢性且持久的"应激"[①] 刺激也会导致胃溃疡。

实际上,塞里用各种实验把老鼠关在阴暗寒冷的地方,并采取不停地用小棍去杵它们等方法,让老鼠们不断担惊受怕,它们的交感神经便会一直处于紧张的状态。

随着实验的不断进行,老鼠的消化器官开始出现溃疡,其他

---

① 英文为stress。塞里是第一个系统使用应激概念说明机体受到威胁时所发生的调节反应的生理学家。他用"应激"这一术语代表严重威胁肌体内稳态的任何刺激影响,而将引起应激的刺激称为"应激源"。

器官也受到了不同程度的影响,老鼠衰弱到了极点。

如果对这个过程进行更为具体的研究,我们可以发现,通过不断骚扰实验老鼠,使其一直处于不安和烦躁的状态之中,老鼠胃部的血管会开始收缩,血液循环会变差,胃黏膜浅层部分会开始出现溃疡;随着溃疡程度的加剧,最后则导致胃溃疡。

这个实验可以证明应激刺激会导致胃溃疡。塞里将上述反应称为一般性适应综合征。从此以后,应激这个词成了一个大众化词语,塞里对医学的发展有着重大贡献,后来还获得了诺贝尔生理学或医学奖提名。

精神压力的有益与有害

现在,精神压力这个词已经众所周知,在日常生活中也被人们广泛使用。但是,精神压力的本质以及与日常生活之间的关系却似乎鲜为人知。或许我们根本就没有注意到这个问题。

故而在这一章当中,我们将围绕日常生活和精神压力之间的关系进行一下探讨。

首先,多数人在繁忙的时候最容易感受到精神压力。忙得没有时间好好休息时,人们通常挂在嘴边的就是:"最近精神压力很大……"

的确,在过分忙碌、神经绷得很紧之际,人的身体因压力产生疲劳，并通过各种各样的症状表现出来。头晕、失眠、头痛、腹泻、便秘等不良症状都会出现。不用说，这些症状如果长时间持续下去，相应的器官就会出现异常，从而发展成疾。

从以上情况来看，无论持续还是间断的精神压力对身体都没有好处，这一点是不言而喻的。

不过，光是繁忙也未必一定就是有害的精神压力。好比一家公司的老板或是总经理，在公司经营一帆风顺、利润上升的时候，老板觉得自己的工作很有意义，从而自信倍增，越发干劲十足。所以，与其说老板因繁忙感到精神压力，不如说忙碌使他更加精神，健康状态也日益见佳。

因此，精神压力也存在有益和有害之分。

比如，某个有相当地位的人突然被贬，或因到了退休年龄而离官卸任，在这种情况下，此人若能好好享受因贬官或卸任而形成的闲暇倒也罢了，但实际情况却是因人而异，对某些人来说，那种闲暇反而变成了一种精神压力。还有，那些公司中不受重用的所谓"窗边族"，实际上很闲，却要勉为其难地装出一副忙忙碌碌的样子给周围人看，那样一来，说不定会给自己带来更大的精神压力。

还有就是退休之后，那种已被社会抛弃、成为不被需要之人的失落感,加上因离开了过去的同事和部下而产生的孤独感等,都有可能使人在精神上变得十分消沉,这些都会变成巨大的精神压力,使退休者变得烦躁、脆弱。

退休之后,一些有一定地位的人迅速衰老的原因,就在于其陷入那些有害的精神压力中不能自拔。

由此可见,同是精神压力,有令人心情愉快的精神压力,也有会成为沉重负担的精神压力,希望大家不要忘记这两方面的精神压力。

浴后一杯酒

虽然我们平时不太留意,但实际上,精神压力已经渗透到现实生活中的各个方面。

比如同是喝酒,和讨厌的上司一起喝的时候,边喝边听上司唠唠叨叨地埋怨自己,这种时候很难喝醉。

这是因为紧张和厌恶造成的精神压力使人的血管收缩,所以肠胃对酒精的吸收作用也就随之变小了。

相反,若和意气相投的朋友、有意思的同事一起喝酒,或者酒桌上自己地位最高,可以随心所欲地大放厥词,这种时候就醉得很快,而且醉得非常舒服。

再有就是在暖和或安全的地方，人的状态越是放松，就越容易喝醉；相反，在寒冷或不安定的状态下喝酒，就不容易喝醉。

而在家中喝酒的时候，因为舒适就很容易喝醉，再有就是泡完澡之后，由于血管扩张，也会醉得很快。

当然也有些丈夫承认，自己在家里最为紧张，酒喝得一点儿都不痛快，所以任何事情都不能一概而论。

总之，有一点是不会错的，即人在放松的状态下，或血管舒张的时候，最容易醉倒。

说起来，以前我没钱，想靠少量的酒精买醉的时候，就曾做过这样的事情。喝上一杯烧酒，然后一口气猛跑一百米。如此一来，由于剧烈运动，血管舒张，酒精吸收得很快，所以一下子就醉倒了。

还有在露天温泉或室内温泉，坐在一个浮在水面上的木盆里，慢慢饮酒，不一会儿就会产生醉意，其道理也是一样。有兴趣的人不妨一试。不过假如喝得太多，就会醉倒在水里，所以必须多加小心。

不用说，服用药物也是同样，这种时候服药的话，药会吸收得很快，药效自然也会更佳。

保持身体的平衡

除此之外,我们有时能在某个瞬间,感到自己的身体正是由自主神经来控制的。

比如,当出人意料的死讯或令人悲哀的消息传来时,人的脸色有时会变得十分苍白。那是因为听到不幸消息的刹那,惊诧和悲伤马上使人的自主神经紧张起来,血管发生痉挛,引起血流瞬间停止造成的。

同样,人在不安和吃惊时,时常感到心率加速,心里扑通扑通直跳,这也是由于自主神经的紧张传到心脏造成的。还有就是升学考试即将开始之前,去洗手间的人一下子增加很多,这同样也是由于自主神经紧张,刺激膀胱造成的。

不用说,人在闲适和放松的状态下,就不会出现以上症状。

前面我们也曾提过,周围环境的温度变化能够造成血管的舒张或收缩,其中一个最容易理解的情况就是天热的时候出汗。天热时血管会尽情舒张,散发体内的热量;相反,寒冷时血管就会通过收缩起到不让热量扩散的作用。

由此可见,自主神经可以根据当时的不同状态,巧妙地发挥作用,努力使身体达到平衡。

因此,在平常的生活当中,应该尽量避免增加自主神经的负担。而要达到这个目的,最为关键的就是钝感力。有益的钝感力可以避免增加自主神经不必要的负担,是保持身体健康的动力。神经钝感力强的人,其自主神经不会时常陷入异常的刺激当中,能够让血管尽可能保持舒张状态,从而使血液可以畅通无阻地流遍全身。

第四章　迟钝的五官

　　人们的各种感觉器官若过于敏感的话，会对人产生负面影响。

　　钝感的人和敏感的人相比，前者不会造成器官的消耗，可以更为悠闲自在、胸襟开阔地长寿下去。

　　至此为止，我们论述了钝感的各种益处，同时人的身体如果过于敏感的话，也会成为问题，特别是在人的生活中占据重要位置的五官：眼（视觉）、鼻（嗅觉）、耳（听觉）、舌（味觉）、肌肤（触觉）。如果五官过于敏感的话，会对人产生负面影响。

　　下面，我们将对此进行探讨。

视觉

五官中,首先是人的眼睛,尤其是视力。人的视力如果过于发达的话,就会产生各种各样的问题。

比如,一般视力的正常范围在 1.0 到 1.2 之间,如果视力过于发达,达到 1.5 或 2.0,反而会因为看得过于清晰而带来弊端。

一般来说,在人类社会中,所有系统的设计和确立都是以 1.0 到 1.2 之间的视力为参照基数的。拥有 1.5 的视力,倘若出生在没有望远镜的时代,好歹还能派上用场,而在眼下这个时代却几乎没有什么特别有用的地方。相反,看得过于真切,甚至还会给人带来烦恼。我的一个朋友,视力就在 1.5 以上,他曾感叹道:"看得过于真切,我觉得很累啊。"

任何事物都是"过犹不及",看得过于清晰,在精神卫生方面也有负面影响。

尤其可悲的是,对于那些视力超常的人,目前还没有什么相应的对策。比如,视力较弱的人可以通过眼镜或手术等矫正视力,但是却没有为视力超强的人准备的眼镜。

"我的视力太好了,所以眼睛容易累。"尽管如此,却没有纠正视力的方法。

任何事物都要适度才好,至少视力降低一点儿,眼睛就不会感到疲劳了。

听觉

在听力上，也存在着同样的问题。

比如，听力超常的人，能够听到常人听不到的声音，思维时常受干扰，有时烦躁得连工作都进行不下去，还会使人陷入一种精神上的异常状态，这种情况发展下去就是幻听。如果能够听到常人听不到的声音，出现各种异常的言行举止，就有必要作为精神病进行治疗了。

就算情况没有发展到那一步，但对声音过于敏感仍是增添疲劳的原因之一。

当然，像音乐家那样，对所有声音都极为敏感又另当别论。因为音乐家听力的优秀之处在于能够分辨各种各样的声音，这和能够听到常人听不到的声音有本质上的差别。

听力不够发达或有缺陷的人，可以考虑依靠助听器来提高听力；而对于那些听力过于发达的人，目前恐怕除了耳塞一类的东西外，也没有更好的办法了。

嗅觉

下面，讨论一下嗅觉。嗅觉也是达到适中的水平就够了，嗅觉过于敏感的话，麻烦也会很大。

这里谈到的还是我认识的一个女性朋友，她的嗅觉十分厉害，只要一有人接近，她马上就能根据那个人特有的体味分辨出对方。因此，只要有谁从后面接近她，她就能猜出"你是某某人"。不用说，她对香水的气味也十分敏感，气味稍有不同，她马上就能知道。

同时，她对于食物的嗅觉也十分敏感，走在饭店林立的路上，不用看招牌她就能说出："啊，这儿前面有一家韩国料理店。""胡同里面有一家中国菜馆。"我对这一带不太清楚，就半信半疑地跟着她走，当那两家餐馆出现在我眼前时，我大为惊叹。她那种敏锐的嗅觉，让人觉得和牵着一条警犬走路并无两样。

然而，因为人不是犬，所以没必要有那么敏锐的嗅觉。事实上，由于这位女性的嗅觉过于发达，食物稍有一些异味，或者她不喜欢那种味道，就绝对无法下咽。所以她很挑食，永远是一副瘦弱无力的样子。

与她相比，那些嗅觉迟钝的人就安逸多了。我有一个男性朋友小O，他的鼻子仿佛就只是为了呼吸空气。托嗅觉迟钝的福，不管是韩国料理，还是越南料理，他什么菜都喜欢吃。更有其者，多少有些怪味的食品，他也毫不在乎地下咽，还连称"好吃，好吃"。

正因为鼻子不灵,小O什么都可以吃,什么都觉得好吃,也不拉肚子,真可谓一举三得。

味觉

下面要谈到的是舌头的味觉。味觉发达的人当然适合做厨师,那些优秀的厨师,在某种程度上味觉都十分发达。从这一点来说,味觉发达是件好事,但是味觉过于发达还是有问题的。

比如,对咸味或辣味等过于敏感,他们的舌头享受不了一般人认为好吃的食品。

不过,还有一点和味觉有关,就是许多人会被从小吃到大的口味左右,只对某种特定的味道异常敏感的话,这种情况就属于味觉异常,应该认为这属于一种疾病。

当然,也有人吃不出食品味道的好坏,这些人只要尝试一定数量的美食之后,品味自然而然就上去了。

总而言之,味觉异常的人在现实生活中十分少见,和其他的感觉相比,味觉异常本身不会给人造成多大麻烦。

触觉

如果触觉异常的话,会给人带来极大的麻烦。

只是在这里,首先我们要排除由于神经异常造成的触觉异常。比如，脊椎的中枢神经以及与中枢神经相连的末梢神经如果出现异常的话，就算用手指或毛笔戳触对方，他也丝毫感觉不到。还有人即使碰到了很烫的开水，也没有什么感觉。反之，有人稍稍被碰一下，就会产生超乎常人的火辣辣的灼痛感。

以上这些，不管是哪种症状都属于神经异常造成的疾病，在这里我们暂且把它们排除在外。

与此不同的是，有的人虽然神经本身正常，但皮肤有时也会出现异常反应。

比如在夏天，有些人的皮肤仅仅因为受到阳光的强烈照射，不久就变得火烧火燎的，甚至还会脱皮。

还有的人仅被蚊虫轻轻叮咬了一下，皮肤就异常瘙痒，在挠痒的过程中，痒处开始出现红肿，这就是典型的皮肤过敏症。

更有甚者，皮肤受到某种特定的刺激，局部会出现过敏性反应，变得红肿溃烂，在瘙痒的同时还伴有变色的情况。

过敏性皮炎就是一个典型的例子，这是皮肤过于敏感造成的，属于皮肤病，有必要进行治疗。

就算皮肤不至于如此敏感，也有所谓"敏感皮肤"。这种皮肤害怕外部刺激，表皮容易受伤，经常处于干燥状态，易受气候影响，动不动就会陷入诸如长疙瘩等多种麻烦之中。

还是以我的一个熟人为例，他的肤色浅黑，看起来相当钝感。有一年夏天,我和他一边在外面乘凉,一边聊天,这时我发现他的两个胳膊上都有蚊子在叮他。

于是皮肤敏感的我一直在看他何时用手赶走蚊子,但他却迟迟注意不到,我忍不住提醒他:"有蚊子在叮你呢。"

这时他才反应过来,用手赶走了蚊子,可是却没有要挠痒痒的迹象。蚊子在他胳膊上待了那么长时间,肯定已经叮出包了,他却是一副满不在乎的样子。"你不痒吗?"我问。"什么?"他只应了这么一句,还是没去挠痒。

此人的皮肤要多钝感有多钝感,我看得发愣。"让我摸一下你的皮肤。"说着我摸了摸他的胳膊,浅黑的皮肤就像橡皮球一样极富弹性。这是天生的吗?像他那样的人,倘若走在森林里,恐怕也会泰然处之。当然,他也不会得什么过敏性皮炎。

身体的天气预报

除了以上谈到的五官的各种感觉之外,还要加上一个问题,就是关节和肌肉的反应。

这里以我的一位熟人 K 女士为例,她的身体可以预知天气的变化。

一天上午,天气晴朗。"今天天气真不错啊。"我说。"不对,天很快就会阴下来,而且还要下雨。"她回答得就像天气预报员一样。

天空如此晴朗,她的回答让我十分惊讶,可她却一口咬定:"肯定不会错的。"事实证明她是对的。

原来她患有结缔组织病,长期以来一直被全身各处的关节痛搞得十分痛苦。这样举例虽说有些不忍,不过据她说,只要低气压一接近,她的那些关节就开始作痛,甚至连头发也会湿乎乎的,变得很重。

起初我非常佩服她身体的预感能力,赞叹说:"你真敏锐啊!"可她却感叹道:"这过分敏感的关节和身体令我厌烦透了。如果什么都不知道的话,那我该多舒服啊,身体也能消停消停呀。"

在以前没有天气预报的年代,她那么敏感好歹还有些用途,像现今这种依靠人造卫星预报天气的发达时代,她的"才能"也只能使自己受罪而已。

为你的钝感干杯

以上,我阐述了人体的各种感觉器官由于过于敏感而造成的负面影响。读到这里,我们可以明白,感官过于敏感未必就十分优秀。许多时候,钝感比敏感更加有益。钝感的人和敏感的人相比,前者肯定可以更为悠闲自在、胸襟开阔,因此也能更加健康长寿。

为你的钝感干杯!

第五章 睡眠良好的能人

　　睡得香甜，起得迅速，这种睡眠能力正是人的基本
能力。

　　没有睡眠能力的话，人们就不能保持健康的身体，
就不能专心致志地工作。

　　睡眠良好，也是一种真正的才能。

　　在众多的钝感力当中，能够成为其核心代表的是良好的睡
眠，我们称之为"睡眠能力"。这是人们所有的活动和健康的源泉。

损失六万个小时

睡眠能力不单指睡眠良好，同时还包括了迅速起床所必需

的觉醒能力。所以,这里所称的"睡眠能力"包括入睡和起床两方面的含义。

和入睡易、起床快的睡眠能人相比,那种入睡难、起床慢的睡眠能力差的人,在其一生之中,究竟会蒙受多大损失,或受到多大负面影响,是很难进行计算的。

不过,现在我们以普通人一天睡七个小时来计算,上床倒头就能睡着的人,和上床后挣扎了两个小时仍然不能入睡,而起床时又要发呆两小时,不能马上进入工作状态的人相比,一天就会有四小时之差。

那么,以一个月三十天来计算的话,一个月的差就是一百二十个小时;以一年进行计算,就是一千四百四十个小时之差。以一个人的一生来看,其最活跃的年龄在二十岁到六十岁之间,以这四十年来算,睡眠不好的人浪费了五万七千六百个小时。若能有效地利用这近六万个小时的时间,其对人的一生将产生怎样巨大的影响,是不言而喻的。

若有两个人在其他各方面的情况和能力都相当,但一位睡眠能力差,一位睡眠能力好,那么以一生中相差近六万个小时的情况来看,前者很少有赢的希望。

其实在各行各业中取得一定成绩的人,几乎都是睡眠能力很强的人。这类成功人士我见过不少,大家成功的理由之一是

"能够马上入睡，迅速起床"。

睡眠能力极佳的人，在人生道路上获得了莫大的好处，在这里我想把这些人称为"睡眠良好的能人"。

当然，即使拥有大把的时间，但如果他们在无所作为中将其挥霍一空的话，也不会有什么收获。不过即使这样，和那些睡眠能力差的人相比，他们在相关方面的优势，不说大家也都明白。

随时起床的训练

人们都说睡眠良好是件美事，最大的理由就是睡眠是补充体力的基础。

不仅是人类，动物也要靠睡眠补充体力，获得行动的力量。无论狮子、狗或猫，都是在睡眠中补充体力，使自己的身体和大脑变得充满活力的。

对于婴儿，"睡得好的孩子长得快"这句俗语，说的正是这个意思。睡眠是婴儿成长的原点。

睡眠还有一个出色的地方，就是通过睡眠能够恢复体力。无论身心怎样疲乏，只要能够连续闷头大睡八至十个小时，人们的体力一般就能够恢复如常。

人们之所以在夜晚睡觉，是为了消除白天的疲劳。如果能够香甜地睡上一整夜的话，第二天就又可以神清气爽地去面对繁忙的工作和家务了。

以前有一种审讯方法,名叫"连轴转的严刑逼供",我认为即便是现在,这种方法也仍在沿用。其做法就是把嫌犯关在窄小的房间里,不停地用刺眼的光亮、尖锐的噪音刺激他,不让其入睡。无论多么坚强的人,若一直得不到休息的话,精神也会被撕裂,最终可能导致精神失常。

从这件事我们也可以明白,睡眠不仅能让人的身体得到休息,而且能使人的头脑和精神得到休养。

幸亏我的睡眠一向很好。上床之后,用不了二三十分钟便能入眠。累的时候,当然更是倒头就睡。

从年轻时起我的睡眠就一直是这样的,现在依然如此。

睡觉的时候,我不需要做什么特别的准备。无论是躺在床上,还是坐在椅子上,只要姿势放松,我一闭上眼睛就能睡着。当然前提是在十分疲惫的情况下。

因此,每当我去各地进行讲演时,在坐车去机场的路上我就开始睡觉,到了机场上飞机之后,我继续睡觉,从机场到讲演会场途中,我在车中还在睡觉,直到抵达讲演会场,我才会清醒过来,然后按照计划顺利地完成讲演。

看到如此能睡的我,秘书小 M 不禁目瞪口呆。我认为睡眠能力也是一种才能。实际上,可以说正是因为拥有这种才能,我才能有今天的成功。

不用说我起床也非常迅速，睁开眼睛之后，只要搓一下脸，我马上就能变得十分清醒。说实话，做不到这点的话，我不可能刚睁眼醒来，就马上开始讲演。

我之所以能有这么好的睡眠能力，可以说是拜我以前做医生时所受的训练所赐。

早年在札幌医科大学附属医院工作的时候，白天我要为前来就诊和住院的患者看病，晚上还要进行名目繁多的动物实验。其中有一项工作就是每隔两小时为实验犬打一次针。白天就不用说了，晚上也得打针，晚上的注射可是让我吃了些苦头。为了每隔两个小时能够按时注射，我几乎一整夜都不能睡觉，那样一来，浑身疲惫的我白天就不能好好工作。可是晚上睡觉的话，没准又会错过注射时间。

在这种时候，我的很多同事都是靠打麻将或者下围棋、象棋来消磨时间的，可那样一来，就要通宵不睡，这搞得人非常疲倦。因此，我开始训练自己每隔两个小时起一次床。为了按时起来，首先我晚上喝了啤酒之后不去小解，试图依靠尿意准时起床。即便那样，刚开始的时候，我不是睡过了头，就是梦见厕所没空，搞得自己急惶惶的，闹过不少笑话。最后我想到了一个方法，就是多次对自己进行"两个小时后起床"的暗示。结果这个方法最为有效，慢慢地我就能按时起床了。

多亏那时的训练，我现在仍旧可以准时起床。

其实，倒头就睡、睁眼即起是大多数外科医生都具备的本领。因为晚上值夜班时，任何时候都会出现急救患者被送进来或住院患者病情突变的情况。那时，若在护士多次"医生，请起来一下"的催促下才能起身，而头脑还处于半梦半醒之中的话，患者很可能会因此丧命。

美丽而长寿

失眠的人并不是不想睡觉，而是睡不着觉。而且应该说他们比任何人都更想睡觉，然而却无法入睡。

失眠的原因可以说多种多样，首先是凡事想不开的那一类人，还有过于劳累的时候，再有就是过分依赖安眠药或有不良生活习惯的人，还有过于神经质的人及患有抑郁症的人，等等，可以说有各式各样失眠的人。

其中，似乎还有人把诉说失眠当作率直、时髦的行为。以前，脸色苍白曾是知识分子的典型形象，但如今已不再流行了，那种脸色苍白的人几乎没有担当重任的。

应该说没有比睡眠良好更令人欣慰的了。睡眠能力较差的人有一个共同之处，就是大都属于多思多虑那种类型。这些人一旦依赖上了安眠药,事情就会变得相当棘手。

当然,安眠药最初几日的效果不错,可是渐渐地就会养成习惯,产生依赖,以后若没有安眠药的话,就睡不着觉。这样一来,安眠药就开始欺负人的身体,使人陷入吃药就睡得着,不吃就睡不着的恶性循环之中,人体各个方面就会走向衰弱,变成依赖性体质。

那么,如何才能治愈失眠呢？这令我想起战争中那些连日征战的战士们,无论在路边还是草原上,他们全能倒头就睡。据此我们也可以清楚地看到,当人的体能消耗到极限时,自然就能睡着。然而,像现在这种和平年代,即使是失眠,也不可能把人逼到那种体力极度透支的状态。

那么究竟该如何是好呢？我想很重要的一点,就是不去考虑那些无聊的或没有结果的事情。

"蠢人动脑,不如睡觉"这句俗语,说的就是若左思右想也于事无补,还不如横下心来闭眼休息。

还有一点就是,就算睡不着觉,也不要烦躁。很多失眠的人都会受到"我睡不着,所以我得早睡"这种恐惧心理的影响。要想根治失眠,就应该采取逆向思维,干脆告诉自己,"睡不着就不睡了"。这样一来,虽然开始几次可能变得更睡不着了,不过这个过程重复几次后,人最终还是能够入眠的。因为睡眠是人的一种自然本能。

世界上有些人甚至根本没有感受过失眠的威胁。我认识的一位老太太的睡眠能力就非常好，一次我坐在车上正跟她聊着天，"咦，她怎么不说话了？"。我觉得纳闷，侧头一看，原来刚才还在说话的她已经睡得很香甜了。

真厉害啊，我心里十分佩服，在一旁看着她发愣。据说这位老太太不论是乘坐城铁还是公交，一坐上就能睡着。

前不久，老太太和朋友们一起去某个温泉旅游，旅游车刚一发车，她就睡着了，一到温泉，她就清醒地睁开了眼睛。在当晚的宴会上，"我们开始吃吧"的话音刚落，她的筷子已经伸出去了，酒量也不小，我想那晚她肯定睡得很香。

因为老太太的睡眠极好，所以她总是很有精神，皮肤也很有光泽，整个人看上去比实际年龄要年轻很多。

相反，也有颦眉诉苦的老太太："我在车上从没睡过觉，被子、枕头一变，我就睡不好，真让人发愁啊！"基本上这类人不仅最易生病，而且还容易早逝。

综上所述，人的基本能力正是睡眠能力。

希望所有读者都能拥有出色的睡眠能力，成为一个"睡眠良好的能人"。

第六章 得寸进尺的才能

有才能的人周围，肯定会有时常表扬他的人，而其本人也常因表扬而得寸进尺，这种"得寸进尺、得意忘形"的精神，不是所谓卑鄙无耻，而是一种让人朝着光明的未来展翅高飞的原动力。

为了培养人们的钝感力，还需要"得寸进尺"的精神，换句话说，就是需要"得意忘形"。

一般说到得寸进尺、得意忘形，人们就会想到卑鄙无耻、令人羞惭的事情，其实许多时候这种精神却能从一个人的内心深处，给他带来很大的前进动力。

而且，首先需要一个给人称赞、鼓励，使他可以成为得寸进尺的领路人。

妈妈桑的一句话

那是我当新人作家时的事情。当时我正瞄准直木文学奖和芥川文学奖努力，希望更上一层楼。得闲时，我经常去西新宿的一家酒吧。位置就在一栋大楼的一层，是一家只有一个半圆形柜台的五六坪大小的酒吧。

酒吧几乎靠妈妈桑一个人经营，她皮肤白净，个头高挑，笑起来女高音般爽朗的声音回荡在整个酒吧之中。

每当我失去自信或忧心忡忡的时候，就会一个人溜达到那里去。例如，我新写的作品虽然已经交给了编辑，但是总在担心稿件是被刊登，还是被退回，甚至我会对自己今后作为一个作家生存下去的信心产生动摇，那时我就会去那儿对妈妈桑唠叨。

"不知道怎么搞的，我总也没有自信。"

于是，妈妈桑肯定会毫不含糊地大声鼓励我："不会的，你很有才华呀。"说着她的大手会"啪"的一下拍在我的肩头。

我顿时觉得肩头一阵发麻，同时我也会给自己打气："妈妈桑如此大声地说我有才，一定错不了。"

人就是这样，被他人毫不犹豫地多夸几次，慢慢地自己也会觉得是那么回事了，也会朝那个方向去努力。那些明显怪诞的新兴宗教，仍然有人加入其中，他们可能就是被这种大声的夸奖吸引过去的。

宗教劝诱本身当然有问题，但如果能够积极对待别人的鼓励，并积极地为之努力，这绝对不是一件坏事。

事实上，每当我听到妈妈桑那些鼓励的话语，我都能重新鼓起勇气和建立自信。我开始坚信自己的的确确是有才华的。

虽然妈妈桑那样鼓励我，但她本人从未读过我写的小说，所以她的话也许根本算不了什么。

即便如此，我还是认定自己绝对没有问题。这其实就是一种单纯的得寸进尺、得意忘形。这种听了两句表扬就飘飘然并信以为真的劲头，的确也是一种才能。

在人缺乏自信或犹豫不决的时候，无论怎样左思右想都于事无补。因此在这种时候，就要摒弃杂念，更为大胆、充满自信地向前迈进才行。

犹豫不决，不仅根本无法前行一步，而且还有可能往后倒退。

对于你的犹豫不决，很多人当然会有他们各自的看法。而这时，我们要做的就是从中选出自己听起来最为顺耳，最能使自己振作并快乐地努力下去的话语，从而坚定不移地向前迈进。

在我失去自信、止步不前的时候，给我鼓励和支持的就是那位开朗而信心十足的妈妈桑那些看似无根无据的话语。

其实有时,有无根据根本无伤大雅,凭借妈妈桑那番动听的话,趁热打铁、坚定信念、继续努力才是最重要的。所以,这种得寸进尺、得意忘形的精神十分重要。这种精神正是有益的钝感力本身。

因表扬而努力

下面,再用一个事例说明这种"得寸进尺、得意忘形"精神的重要性。

我们暂且把他称为 A 先生,他是一位当今画坛无人不知、无人不晓的著名画家。

有一次,我曾经问过他:"您是怎么成为一名画家的?"他的回答使我深受启发。

以前,A 先生还在上小学低年级的时候,有一次他在家里用心画了一幅画,恰逢一位邻居大婶去他家玩,临走之际,大婶看了一会儿 A 先生的画。

"哎呀……小 A,你的画画得真漂亮啊。你大婶我吃了一惊啊。"

这样一句表扬使 A 先生非常开心,他继续拼命努力画画,邻居大婶再来的时候,又表扬了他画的画。

"真了不起，你画得比以前更精美了。"

此话又令 A 先生欢喜无比，于是更加努力地画画，之后又被大婶表扬。

就这样，因为被表扬而开心，所以拼命作画，而后又被表扬，表扬就像钟表的发条一样，让 A 先生连续不断地拼命作画。

表扬和努力作画，就好比两个和谐的齿轮一样推动 A 先生不断前进。据 A 先生讲，等他意识到时，自己已成了画家。

"事情仅此而已。"A 先生用略带歉意的口吻总结说。其实这个谜底正是一个单纯的得寸进尺、得意忘形的最好事例。

A 先生之所以能成为一位杰出的画家，正是因为那位邻居大婶创造了这个开端，尽管她很可能自己没有意识到。

而由于大婶的一句话，就能得寸进尺、趁热打铁的 A 先生，真可以称得上是一位拥有得寸进尺才能的画家。

和歌：我创作的缘起

我也曾经有过与此类似的经历。

我上初中一年级时的班主任是中山周三老师，他是一位非常优秀的国语老师。为了让我们记住汉字，他让我们模仿相扑比赛的方式，分小组互相进行汉字听写，每次都按力士等级给我们排名。托中山老师的福，同学们既享受了游戏的快乐，又记住了汉字的写法。

在对诗歌与和歌进行讲解时，中山老师并不纠缠于一些词语的详解和推敲，而是一个劲儿地用洪亮的声音给我们朗读，边读边问："这首诗好听吧？""你们觉得怎么样？""你们有什么感想？"这是一种把培养学生的感性认识放在首位的教育方式。

中山老师主办了一本名为《原始森林》的和歌杂志，所以有时也让我们写一些和歌。

有一次，我写的和歌恰巧被中山老师看到："你的和歌中，如实表达自己情感的部分，写得非常漂亮。"老师大大地表扬了我一番。

这可把我高兴坏了，从此我便喜欢上了国语。中山老师读了我的各种习作，并予以表扬，于是我变得更加喜欢写作，就这样我和老师配合默契，不断进步。

现在，我可以肯定地告诉大家，在中山老师的教导下，我喜欢上了国语，这就是我写小说的缘起。

如果当年没有遇到中山老师的话，也许我会从事与现在完全不同的职业。

不娇惯，常表扬

这里要讲的内容不仅针对幼小的孩子，其实也包括中小学生,我们应该用心发现他们的某些长处,并及时予以表扬。

对孩子不应娇生惯养,但发现了优点,就应该立刻加以表扬。

"某某小朋友,这个你做得真好呀！漂亮极了啊！""这个地方特别不错,你好了不起,要好好加油呀。"只要发现了长处,就要表扬孩子。

正如众所周知的那样,孩子们非常单纯,是得寸进尺的典型,所以没有比利用孩子这种习性更好的方法了。孩子高兴了,会变得愈加努力。由于努力,事情便会做得更加出色。因为表现出色,又会受到赞扬,孩子就愈加努力,双方配合默契,孩子就会不断进步。

不管多么优秀的孩子,当然也包括大人,倘若每天都生活在"你根本不行""你真是个傻瓜"一类的批评之中,长此以往,就会真的变成一个没用的、傻瓜似的人了。

对于女孩,如果不断地进行夸奖,"某某小朋友长得多漂亮啊""你可爱极了",那么女孩子真的会变得漂亮、可爱起来。相反,如果每天都是"你丑得要命""你一点儿也不可爱"之类的贬低之词,那么女孩就真的会成为可怜的女孩了。

由此可见,语言极为重要。一句话既可以救活一个人,也可以杀死一个人。对于才能也是如此。

人能否成功，不只取决于才能的有无，而在于究竟能把人的才能发掘和引导出来多少。社会上所谓有才能的人，都有一个在适当时期，用适当方法将其才能发掘、引导出来的人。相反，人们口中那些没有才能的人，大多只是由于其潜在的才能没有在适当的时机被发掘和引导出来。

如此看来，"得寸进尺、得意忘形"并不是卑鄙无耻的事情，而是一种让人朝着光明的未来展翅高飞的了不起的钝感力，我相信大家会明白这一点的。

第七章　肠胃钝感的男人

　　当周围的人因食物中毒而纷纷倒下时，只有小 A
一切如常。拥有钝感而强健的肠胃的小 A 明显是一个
胜利者。

　　与其对环境卫生过于敏感，还不如把自己锻炼得
强壮而钝感。

　　那是很久以前的一个夏天，我们一行十几人，曾去蓼科那一
带打过一次高尔夫球。

　　我们计划早上从东京出发，到了目的地打上一场高尔夫球
后，当晚住在那里，第二天再打一场，然后返回东京。因为可以
逃离炎热的城市，所以大家都像去春游的小学生般兴冲冲地出

发了。

没想到在蓼科，却发生了一件出人意料的事情。

食物中毒

这天，大家打完一场球，回到旅馆的时候，一切都还是按计划进行。没想到在大家一起共进晚餐之后，事情开始有些不妙了。我们住的是一家日式旅馆，晚饭吃的是日本料理，好像其中有的食物不太新鲜。吃完晚饭两三个小时之后，大家都有了腹痛或腹泻的症状。

我当时确实也觉得食物新鲜度较差，看起来那就是使我们食物中毒的原因。

于是我们都早早地回到了自己的房间，旅馆老板战战兢兢、诚惶诚恐地来向大家道歉。

"实在对不起了，这次的事情拜托你们千万、千万不要告诉外人。"

的确，旅馆里一旦发生了食物中毒这类事，保健站的人就会立刻进驻检查，有的旅馆甚至还会受到停止营业的处分，说不定还会被登报。

"当然，如果大家能替我们保密的话，我们将免除一切费用……"看着连连道歉的旅馆老板，大家都觉得如果不用交钱的话,那倒也可以,所以决定接受旅馆老板的条件。

因此,我们打算不再追究,晚上早些休息。

希望和大家一样

可是,令人不可思议的是,我们当中有一个男子居然没拉肚子,一切正常。

这里暂且把他称作小 A,我们十七八个人当中,只有他一个人既没腹痛,也没拉肚子。晚饭他可是吃得一干二净。

这位小 A,晚上十点多来到了我的房间。我当时还很不舒服,所以正躺在床上。

"我想向您请教一件事情。"

小 A 开口第一句就问我。

"那个,为什么我没拉肚子呢?"

我想他大概知道我曾经当过医生,所以才来向我请教。因为我的专业是外科,所以对内科的事情不太熟悉,况且这种问题,我也不可能马上知道答案。

于是我对他说:"大家都拉肚子了,只有你一个人幸免于难,这个结果不是很好吗?"谁知小 A 还是一脸不满意的表情,因此我又补充了一句:"晚饭中确实有食物不太新鲜,你吃了那些却毫无影响,这是一件很好的事嘛。吃了变质的食物却能够正常消化,从某种意义上说,你的肠胃功能很强,这也是一种才能啊。"

"这难道也是才能?"小 A 歪着头不解地说道,"你这样说是为了安慰我,其实我还是希望和大家一起拉肚子。"

他的想法让我十分吃惊,望着他那与年龄不甚相符的孩子气的面庞,我不禁笑出声来。

一般来说,人们对幸福的追求和感觉因人而异,同时也想与众不同。比如,有人想住比他人更为豪华的房子,有人希望穿昂贵的衣服,有人想吃高价、精美的佳肴,等等,并以此感到幸福。然而,只有在身体方面,大家的幸福感恐怕都是希望和其他的健康人一样。

人们公认的美食,自己吃起来会觉得可口;大家都香甜入睡的时候,自己也能很快入眠;而大家都拉肚子的时候,自己也希望一起同甘共苦。这恐怕就是小 A 的幸福观。

吃些杂菌

那么,小 A 吃的是和大家一样的变质食物,为什么只有他一个人没拉肚子呢?

关于这件事,之后我也想了很多。我想他大概是在较为贫穷的环境中长大的,虽然这样说对他有些不够礼貌。

如今的日本自然已经变得相当富裕，但是以前一般家庭中孩子很多，由于母亲十分忙碌，所以不可能把每一个孩子都照顾得面面俱到。有时幼儿在榻榻米上随意爬行，捡起掉在榻榻米边上的杂物满不在乎地放进嘴里。

若是现在，母亲会马上把垃圾夺过来，并教训说："小A，不许这么做。"可是，以前孩子都是放羊式地长大的，恐怕小时候都有曾将各种各样的垃圾放到口中的经历。

写到吃些杂菌这件事，大概很多人都会不以为然。其实，从某种程度上讲，吃些家中的杂菌，并无大碍。相反，此举可以丰富肠内菌群，增加人们对外来细菌的抵抗力。

至于小A，大概他小时候吃的杂菌，要比其他同龄的朋友多一些，所以他的体内恐怕已有很强的抵抗力了。这种抵抗力在旅馆的晚饭中发挥了作用，所以只有他一个人非常幸运，消化了变质的食物，没出现腹泻。

这就是我所想到的理由，我想不出其他更恰当的了。

顽强的生命力

上述这件事令我再次想到，目前日本人的身体实在缺乏抵抗力。O157细菌感染，还有巴厘岛的霍乱传染，至今仍令人记忆犹新，当时发病的只有日本人，当地人却安然无恙。那是因为日本的环境卫生条件太好。

卫生好并不是一件坏事。不过环境卫生搞得越好，杂菌驱除得越干净，周围就会变得一尘不染。与此同时，身体的抵抗力也会因此减弱，稍微沾上一点儿细菌，人们就可能得病。

一般认为，周围环境越是清洁干净，越是无菌，那么人就越不容易生病。这么认为固然没错，但实际上就算环境干净了，也仍会有适应干净环境的细菌繁殖出来，仍会出现新的病毒。也就是说，环境卫生和疾病总是在玩捉迷藏的游戏，彼此之间的争斗不会因环境的干净程度而停止。

如此想来，其实对于环境卫生也不必过于神经质，差不多就行了，那样或许还不容易生病。就像小 A 那样，拥有抵抗力，把自己的身体锻炼得强壮而钝感。

当时的小 A，正是由于拥有钝感而强健的肠胃，对于那些杂菌毫无反应，因此才不会拉肚子的。从这种意义上来看，肠胃反应迟钝的小 A 很明显是一个出色的胜利者。

顺便说一下，就在不久之前，我还偶然在东京车站附近遇到了小 A。我们彼此都觉得很亲切，我一下子就想起了去蓼科打高尔夫球时的事情。但是他似乎早就把当年的事情忘得一干二净了。

小 A 以前就声音洪亮，偶遇那天他也是爽朗地大声告诉我他最近刚从公司退休，然后扬起一只手臂，向我挥手而去。他还是一副落落大方、无忧无虑的老样子，显出一种出色的钝感。

望着他远去的背影，我颇有感触。如果今后发生翻天覆地的变化，很多人因为痢疾、传染病等死亡的时候，小 A 也会顽强地活下去吧。

我的目光追寻着他的背影，他的身姿比当年在蓼科时显得更加魁梧、更具风度了。

第八章 被爱神之箭射中

在恋爱方面,钝感力也是必不可缺的。特别是当男人追求女人的时候,钝感可以成为一种有力的武器。若再加上诚实,则如虎添翼。

没有"恋爱学"一说

从平安时代开始,对贵族男性来说,巧妙地追求女性就是一种重要的技能,同时也是一项工作。

在公司上班或自己独立经营各种各样的企业当然都不失为工作,但是这些工作在某种程度上都是可以进行精确规划、计算和预测的。

然而,追求女性一事却完全无理可循。这是一个和理性完全不同的感性世界,人们的恋爱未必都能按自己事先设计好的去实现。所以才说现实生活中没有"恋爱学"一说。凡称得上学问的东西,都应该具有一定程度的规律性和准确性,用这种标准衡量,追求女性却没有绝对的章法可循。

当然,像以前说的那样,"三高"可能的确有利于追求女性。所谓三高,就是高学历、高收入、高个子。拥有三高条件的男性,最初站在起跑线上的时候,或许的确有利,然而问题会出在起跑之后。

许多男性自恃"三高",不免态度傲慢,就在这种人高高在上的过程中,恐怕不少女性就会离去。

恋爱首先是心灵之间的相互碰撞,其中并不一定有什么理论和道理可言。恋爱的暧昧及难以琢磨之处也正在于此。

不同的生物

此时,我们首先不能忘记的就是,男人和女人是截然不同的两种生物。

人们普遍认为,男人和女人都是一样的人,由于语言也能相通,相互交谈的事情应该很多,所以只要把话说出来,就能互相理解。

然而,就算男女双方进行交谈,做到相互理解,两个人关系的发展也未必就一定顺利。相反，有时越是交谈，双方的分歧就越明显，彼此感到十分失望，继而开始吵架，有时甚至还会因此而分手。

"为什么？"这样感叹的人大概很多，其实这是因为男人和女人从根本上就是不同的生物，尤其在肉体的出发点上完全相异。这些差距，不是通过语言上的交谈就能解决的。

"那么，究竟应该怎样做才对呢？"我仿佛听到了众多男女的悲鸣。其实这里最为关键的就是钝感力。

不屈不挠地追求

在恋爱方面，男人属于彻头彻尾的急性子。

忽然发现了一个漂亮女子，男子会立刻产生兴趣，想要接近对方。双方仅仅喝过几次茶，男子便恨不得马上拥有对方的身体。

总之，男性缺乏最起码的耐性。然而追求女性忌讳的就是焦躁二字。

就像以前人们常说的"欲速则不达"那样，过于着急的话，好不容易发现的美女也会从自己面前溜走。

说实话，女人本身就是一种善于逃跑的动物。即便对男方抱有好感，也不可能见过一两次面就以身相许。

见上几次之后，女性会在吃饭和聊天的过程中，探究男子的诚意和真实情况，慢慢地对男方进行试探和考验，看其是否值得自己以身相许。

问题的关键在于如何经受这些漫长的考验，这时耐力就成了首要条件。如何才能不紧不慢、张弛有度地接近对方呢？钝感力正是这种耐性的动力所在。

最近，经常听到女性抱怨："近来男人非常缺乏韧性。"刚刚约会一次，双方的关系稍有接近，男方就想得到自己希望的回答，好比"我喜欢你"之类的话，有时甚至还会要求接吻。

可是这种程度的约会还不能完全使女子动心。相反，一旦男方显出心急的样子，她们就会以一句"不行"断然拒绝。

而仅被女性拒绝了一次，大多数男人就以为自己没戏了，从而放弃追求。这样一来，就很难追求到自己喜爱的女子了。

前面我曾提过，女性是在等待男子的再度邀请与进攻。此时女性未必就会以身相许，但的确是在等待。

如果连这样的道理都搞不懂的话，那么这种男人就称不上是优秀的猎手。

也就是说，一位好猎手，只要看准了目标，无论被对方拒绝多少次，也要坚持追求，向女方倾诉自己的衷肠。没有这种坚韧而厚颜的精神，就无法将美丽的猎物捕捉到手。

这时需要的就是，即使一而再、再而三地被女性拒绝，也决不灰心丧气的精神。即使进展得不顺利，也能忍受且继续追求。只有拥有这种钝感力的男人，才能赢得最后的胜利。

其实很多女性都曾说："就算多少有些不中意，但是在对方不厌其烦的邀请和竭尽全力的追求下，还是逐渐地被对方打开了心扉，或许还会开始喜欢……"

不管怎么说，女性是喜欢被人追求的生物。男性不要对女性的这个习性视而不见。同时，要想利用这个习性来获得女子的芳心，出色的钝感力是必不可少的。

当然，这一招并不是对所有女性通用。但是不可否认，相当一部分女性经受不住这种钝感力的冲击，最后都会投入男人的怀抱。另外，即便不接受对方，她们也会对那种锲而不舍的男性抱有好感，从而将他们长久地留在自己的记忆里。

相反，被女方拒绝一次就感到深受伤害，这种敏感、脆弱的精神状态是追求不到女性这种坚韧而顽强的生物的。

钝感的肠胃

对于男性而言，钝感力不仅是追求女性的精神力量，同时在他们自己的身体方面也能起到很大的帮助。

比如，和自己心仪的女性一起吃饭的时候，肠胃方面也需要有益的钝感力。

在男性当中,也有那种对食物好恶分明,甚至因挑食而自得的人。还有那种胃口不好、吃得很少的男人。这类男人一般都不招女性喜欢。

和男人约会一起吃饭的时候,几乎所有女人对食物都非常重视,我觉得她们都想吃到美食。

"我太喜欢那个人了,结果弄得我食不下咽的。"女性偶尔也会说出这种话来,但那是两个人的关系发展到相当深时才会有的事情。

一般在第二或第三次约会的时候,女人已不那么紧张,所以食欲应该不错,即使嘴上说"我不饿",其实胃还留有很大的空间。

为了让热爱美食的女人开心地进食,男士应该先做榜样。"这个很好吃,那个味道也不错。"边说边狼吞虎咽,这也是男人的魅力之一。

如果男士一副大快朵颐的架势,女子也会松弛下来,心想对方那么积极主动和投入,我怎么吃也就无所谓了,于是会在男人的带动下开始吃饭。

女人喜欢无拘无束的进餐时间,但当有些拘束时,就常会摆出一副不食人间烟火的样子,因此使她们去除伪装,放松心情,是男人的重要工作。

而要达到这个目的,男人首先需要拥有钝感的肠胃。无论端上来什么食物,都能毫不犹豫地大口吃下。就算有些难以下咽也无所谓。这种旺盛的食欲、强健的肠胃,能体现男子汉气概,会让女性佩服,进而产生信赖的感觉。

杂乱的房间

双方关系发展到这一步,差不多就是把对方带回自己的房间,或是进入女方房间的时候了。

在这种时刻,钝感力会发挥更大的作用。

例如,男人把女孩子带到自己的住处时,如果男方的房间过于井井有条、一尘不染的话,可能会让女孩子感到紧张。

女方会想:"和这种把房子打扫得一尘不染的神经质的人一起生活的话,那还了得?""那样,我生活上的散漫不就显得十分刺眼了吗?"女性会变得有些戒备心。

相反,房间里适当有些零乱,这种带男人味的房间,在某种意义上会使女方有种随意的感觉,轻松起来。女方甚至还会产生一种类似母爱的情感,或许涌出"我是否该为他做些什么"一类的念头。

男人不介意在稍脏的房间里生活,而且还能自得其乐地把房间展示给女孩子。这种有益的反应迟钝，正是拥有钝感力的表现。

这种钝感力，在去女方住处的时候，自然也会起到良好的作用。

一旦受到女方的邀请，或者男方死皮赖脸地混进女孩子的房间时，若看见房间中有些脏乱，即便心里这样想，嘴上也绝对不能吐露半句。因为女性本来就有"得打扫得干干净净"的愿望，所以对房间不够整洁本身就有一种自卑，这时男方最好不要去做不好的评价。相反，应该摆出"就是有些脏乱，我也毫不在乎"的男子气概或宽容的态度，那样在女方心中的印象分一下子就会大增。

即使双方没有发展到这种程度，如果能够让女孩子觉得"他对我生活中的些许散漫也能原谅"，她的心肯定会变得更加温柔、更加开放。

以上，围绕恋爱中的各个方面，探讨了钝感力的出色之处。下面我们将讨论恋爱之后，在男女双方的同居和婚姻生活中，钝感力是如何发挥其更大的威力的。

恕我重申一遍，失去了钝感力的话，就不可能被爱神之箭射中。

第九章　为了维系婚姻生活

　　人们常把婚姻幸福挂在嘴边,年长后常会有意味深长的感慨:"和你共度一生真是太好了!"其实那都是经过漫长的忍耐才得出来的结论。

　　我们不要忘记,在夫妻双方相互容忍的背后,是出色的钝感力一直在支持和守护着他们。

　　在前一章中,我阐述了钝感力在恋爱方面的重要作用,而在恋爱之后的婚姻生活中,钝感力将会发挥更大的作用。

　　是否拥有钝感力,决定了将来你和伴侣的婚姻能否长久,你们的未来是一片光明还是常被乌云笼罩。

同居之后

所谓结婚，自然就是一对男女凭借一时的热情住在一起，双方从此一起生活在狭窄的空间里。

到结婚为止的整个恋爱过程，男女双方都被眼前的快乐所吸引，根本无法想象婚后生活的真实情况。

即使双方感到彼此之间存在一定的问题，可当时头脑里除了结婚，没有别的。他们的想法十分简单，如果结婚之后发生了问题，相互改正也就行了。

然而，正是这种轻率的想法，造成了结婚之后各式各样的冲突。冲突的最大原因，就是因为两个人共同生活在一个狭小的空间里。

有人会因此反驳我："结婚就是要住在一起，你怎么能这样说呢？"这种反驳也有道理，结婚的确是要生活在一起，然而正因为如此，对彼此的缺点才会看得更加清楚。

在恋爱和订婚的时候，双方各自住在自己的家中，所以对对方的缺点了解甚少，或许正是由于了解甚少，两人才能步入婚姻的殿堂。

但是，结婚之后生活在一起了，彼此的缺点一下子就映入了对方的眼帘——这些都是因为双方距离过近造成的，我想举一个例子进行说明。

牙膏管的故事

说起来已经是很久以前的事了,一个编辑来到我这里商量工作方面的事情。

到傍晚时分,工作上的事很快就谈完了,可那个编辑忽然提出:"我可以在这儿再待一会儿吗?"

我正好手头不太忙,两个人都在喝着兑水的威士忌,所以答道:"没问题。"我多少有点儿担心,就试探道:"发生什么事情了吗?"

他脸上现出一丝难堪,回答道:"其实今天早上出门的时候,我跟妻子大吵了一架,所以不想这么早就回家。"

说实话,我对别人夫妻之间吵架根本不感兴趣,可当时两人又没什么可聊的,于是就继续问:"你们因为什么吵起来的?"

"哎,是因为牙膏管。"他接着回答。

原来他家用的牙膏的牙膏管又白又长,材质较软,每次挤牙膏的时候容易留下指痕。

那位编辑本来就是个一丝不苟的男人,每天他都要把牙膏管上的指痕抚平,并从尾部将牙膏管卷起来一点。

但是他太太对这种事却不太在意,挤牙膏的时候随意一挤,使得牙膏管上常常留下很多指痕。

可他对那些指痕特别在意,为了抚平太太留下的指痕,他每天早上都要做一番修整。

这天早上,他终于忍不下去了,冲着妻子发作道:"我说,你挤完牙膏后,请像我这样从尾部把牙膏管卷起来,把指痕去掉。我最讨厌的就是你挤牙膏之后留下的那些凹凸不平的指痕,这种随随便便的做法真让人受不了!"

他的话音刚落,太太顿时向他示威道:"那么,你令人讨厌的地方……"太太的指责竟是他的三倍,于是两个人大吵了起来。

这件事使我受到了很大的触动。这是一个多么好的例子,把这件事如实地写下来的话,就是一篇不错的短篇小说,题目当然就叫《清晨的口角》。

这件事最能打动人的地方,就在于吵架的原因十分无聊。如果是因为丈夫的外遇被妻子发现,或者妻子挥霍无度之类的事情,一方怒火攻心,大吵大闹当然无法避免,但也情有可原。

然而,因为挤牙膏的方法这种小事,却引发了一场夫妻大战,这件事就显得有趣且耐人寻味了。

这件事正好把中年夫妇(当时那位编辑 41 岁)那种正在走向厌倦且又没达到离婚程度的婚姻关系鲜明地表现出来了。

不说大家也能明白,这位一丝不苟的男人在宴尔新婚之时,是不会这样、那样地抱怨的。那时若看到牙膏管上太太的指痕，他可能会喃喃自语："啊，多么可爱的指痕！"或许还会对那个地方吻上一下哩。

但是在结婚十几年后，妻子的这个毛病就变得无法容忍了。爱的激情在岁月流逝中不断消失，以前能够容忍的，现在不仅不能容忍，还会变成导火索，一触即发。

我想双方吵闹的终极原因，就在于两个人结婚后共同生活在一起。

无可无不可的小事

当然，这对夫妻除了挤牙膏的方法之外，一定还有很多地方都不相同。而这一切也不仅限于这对夫妻，几乎所有的夫妻都一样。

男女双方无论是生长环境、兴趣爱好，还是个人教养、价值观等不可能相同，然而结婚，就是不同的男女在一时热情的怂恿下，共同在一个狭小的家中生活。这样的结果，就是在夫妻之间出现各种不满与琴瑟失和的情况。

多数夫妻，都是在相互容忍中继续生活下去的，有时争吵两句，有时改正错误，有时相互妥协。

这种状态长年持续的结果，就是夫妻心中一些小的不满和烦躁会渐渐累积起来。这对编辑夫妇怨气爆发的导火索,只不过凑巧赶上牙膏的挤法而已。

但是,这里值得我们注意的是,争吵的原因其实并没有什么道理可讲。究竟是应该从牙膏管尾部将其卷起为好,还是保持原状就好,这种问题本身就没有什么标准答案,因此不管怎么争论,也是无法解决的。

关键在于,在乎的人耿耿于怀,不在乎的人完全不把此事放在心上。

然而男女之间或夫妻之间,类似这种无所谓对错,全凭人的感觉或感性认识的不同,却造成双方失和、令人烦躁的事情可以说数不胜数。

于是此时,钝感力就变得十分重要了。

像这种牙膏挤法的问题,如果是拥有钝感力的人,就不会过于在意。就算平时喜欢从牙膏管尾部将其卷起,不过不卷的话,也不会介意。也就是说,那种小事怎么都行。

这样的话,一开始就不会发生口角,之后他太太也就不会进行还击,因此也就没有大吵大闹的情况了。

当然,因为丈夫钝感,所以在各方面也时常会被太太抱怨。不过即使这样,丈夫也可既不在意,也不往心里去。如此情况,妻子在某种程度上也不得不死心,或许也会渐渐养成慢性子的脾气,说不定性格上也会变得随和、不拘小节。

相反,那种天生聪慧但神经质的人就不可能那样了。他们对对方做的每一件事都极为在意,烦躁和不满不断升级。前面提到的那个编辑曾说"实在忍不下去了",其实在他爆发之前,倘若事事都要抱怨的话,他们之间的夫妻关系早就土崩瓦解了。正因为他一直忍耐了十几年,所以夫妻关系才得以延续下去。

女性们也常常感叹:"点点滴滴我都十分在意,真令人发愁,我怎么才能变得迟钝一些啊?"这也是能说明问题的事例之一。

我认为结婚时间一长,夫妻双方都不该在某些地方过于在意,应该更不拘小节一些才对。当然,即使如此,有时因一时火起,两个人也会吵起架来。但若双方都是不太在乎的钝感之人,问题应该不会搞得不可收拾。

当然,过于钝感也令人棘手,所以很多夫妻都希望对方的钝感恰到好处。

从某一方面来看,婚姻生活就是一条漫长的容忍之路。

而在夫妻双方相互容忍的背后,是出色的钝感力一直在支持和守护着他们。

第十章 为了战胜癌症

从癌症的预防到治疗,以及治愈之后回归社会,在各个阶段,最重要的就是保持良好的心态,也就是所谓钝感力。

如果人们拥有出色的钝感力,癌症的患病率会非常之低。而且即便患上癌症,他们也会无所畏惧。

现在对癌症持恐惧态度的人很多。

从癌症的预防到治疗,以及治愈之后的健康管理等,无论哪个阶段,最为重要的都是钝感力。

是否拥有钝感力,在预防癌症和万一得了癌症之后的治疗等方面,都会出现极大的差别。

癌症的成因

人们为什么会患上癌症呢？至今为止存在各种各样的说法。

首先是抽烟，还有持续吸收有害物质，比如摄取大量的盐分和致癌食品，再有就是吸入汽车废气、煤烟等氮氧化物，以及受到放射线、紫外线的辐射，等等。这些作为诱发癌症的直接原因，在统计上都显示得非常清楚。

除此之外，人们还探讨了导致癌症的其他各种原因，例如挑食、肥胖，此外还与遗传、病毒侵入、免疫力低下等有关。

不过，最近开始引人注目的是自主神经之说。

自主神经是保持身心平衡的重要神经，在"血液因此畅流"一章中也曾经提过。自主神经一旦出现失常，人就很容易患上癌症。

在这里我们再对自主神经进行一次说明。所谓自主神经是不以人的意志为转移的，支配内脏器官（消化道、心血管、呼吸道及膀胱等）及内分泌腺、汗腺的活动和分泌，并参与调节葡萄糖、脂肪、水和电解质代谢，以及体温、睡眠和血压等的神经。

人的自主神经分交感神经和副交感神经两个部分，两者的作用往往相反。一般认为自主神经对人的控制是不以本人的意志为转移的。同时，人的心情变化将对自主神经乃至内脏产生各种各样的影响。

类似的例子数不胜数。例如,当听到意想不到的事情时,人会大吃一惊,或遇到非常恐怖的事情时,人的脸色会变得十分苍白,心脏跳得极快,甚至胃的深处还会感到针扎似的疼痛。再如人紧张的时候,两手会不由自主地出汗,临近考试就频频想去厕所,等等。

如果自主神经正常发挥作用的话,人的身心就能处于安定状态。据说越是身心状态稳定的人,越不容易患上癌症。

还有一点引人注意的是,前面提到的导致癌症的原因中的挑食、肥胖等都与自主神经失调有很大关系。

例如,人因为心情不快或不满等产生挑食,或因担心、烦恼等而暴饮暴食,从而造成的肥胖也不在少数。

说起来挑食、肥胖、过瘦只是表象,而在这些现象背后却潜藏着各种各样的心理问题。

究竟如何才能保持良好的身心平衡状态,使自主神经在正常稳定的状态下发挥作用? 这里最为关键的就是钝感力。

癌症的遗传

具备有益的钝感力,指的就是拥有迟钝而坚强的神经,不会因为一些琐碎小事而产生情绪上的波动。

拥有钝感力的人总是处于某种程度的安定状态,在应对各种事情的过程中,不会使自主神经反应过度,能够一直保持相对良好的平衡状态。

像这样不过分刺激自主神经,是防止癌症产生的基本条件。

事实上,将同为七十岁的癌症患者和正常人进行比较的话,根据统计,前者大都十分内向,过分在乎一些琐碎的事情。由此可以看出,性格内向、神经质的人更容易患上癌症。

在这一章的开头,我曾提到遗传是造成癌症的原因之一,不过从遗传学上还没有得到十分确切的证明。

但是,从家族史上来看,据说确实存在易患癌症的家族,再深究下去我们能够想到的就是性格学之说。

我们甚至可以认为,现在有一个家庭中的父母属于那种十分神经质的类型,如果他们患上了癌症,那么其子女也容易患上癌症。这是因为父母和子女长期住在同一个家中,子女被神经质的父母抚养成人,他们变得神经质的概率也高,所以父母及子女的患癌率都会变高。

有关人的性格问题,由于每个人所处的环境不同,所以很难有一个明确的定义。虽然没有准确的数据支持,但是有一点可以肯定,癌症家族史可以成为遗传学说的一个证明。

同时,我们可以推断出:拥有钝感力的家族,不容易患上癌症。由不太介意琐碎小事、不拘小节的父母培养成人，这些孩子也容易养成落落大方的性格，患癌率自然就会降低。

不易患癌症的基础正是钝感力。因此，如果能够重视这个问题，从整体上发挥自己的钝感力，不拘小节、悠闲自在地生活的话，在一定程度上就可以达到预防癌症的目的。

如果患了癌症

如果不幸患上了癌症，钝感力也极为有效。一位在癌症中心工作的护士对我说，同是癌症患者，性格开朗乐观、态度积极、战胜病魔欲望强的患者，癌症治愈率相对就高。

相反，一些胆小的，认为自己没救了的患者，由于气馁会导致情绪十分低落，越是那样，治愈率就越低。

这种情况在我的身边也发生过。A 先生六十岁时，由肝炎转成了肝癌，此事反而激起了他的抗争之心："什么呀，混蛋，我怎么可能输给你?！" 为此他每天都埋头于自己的工作之中。

只有身体状态很差的时候，他才去医院住上几天，然后马上恢复工作。他这种绝不轻言妥协、积极进取的生活方式，给他的肝癌治疗带来了很大帮助，他的健康复原情况让他的主治医生都非常吃惊，说不定正是他的气势，吓退了癌细胞。

实际上，癌细胞不过是寄居在主人体内的"寄生虫"。别看它貌似凶恶，其实不过是一个靠吸收主人的营养才能生存的"可怜虫"。因此，我们根本没有必要对癌细胞畏惧三分。

"这个家伙，竟敢寄居在我的体内？到了我这儿，你的气数也就尽了，我绝对不会让你那么容易长大。"

实际上，同样是癌细胞，有生命力很强、一味繁殖的细胞，也有发育迟缓、没有活力的细胞。可以说是各式各样。既有活泼好动的家伙，也有拖拉懒惰的家伙。

而这些依附在人体上的癌细胞，由于人的性格、心情的不同，它们的命运也会有很大的不同。

因此，这时最为重要的就是钝感力，以"我一定要把这家伙赶出去"的坚定态度和悠然心态，不急不躁地对付癌症，甚至抱有和癌症这家伙交个朋友，共同享受人生的豁达心胸，积极进取。

这也是阻止癌症进一步发展，打垮癌症，预防癌症再次发作的最佳方法。

治愈之后

即使运气不错，癌症痊愈后，钝感力仍十分重要。

一般来说，就算癌症治好了，之后还有可能会再次发作，因复发导致死亡的病例也不在少数。

关于癌症复发，从过去起就有"五年生存率"这个用语，一且得了癌症,若能平安度过五年,癌症的复发率会明显降低,所以五年是癌症治愈的一个标志。

根据癌症的种类及癌症患者的年龄等,情况当然多少有些不同,所以,如何度过这五年是一个至关重要的问题。

不用说,多数患者都会在担心癌症是否复发的不安中度过这五年,但是一味担心的话,不仅对精神卫生并无好处,反而还会给身体带来不良影响。

如前所述,倘若不安加剧,就会刺激自主神经,降低患者身体的抵抗力。因此,人们应该坚信自己的癌症已经痊愈,不要一天到晚惶惶不可终日。

假如条件允许,人们应该尽量工作,在繁忙的工作中把癌症忘掉。

这时钝感力又变得非常重要。有益的钝感,可以令人忘掉那些讨厌而郁闷的事情,保持乐观开朗、积极向前的心态生活下去。这样一来,不仅可以促进血液循环,而且也可进一步增强身体的抵抗力,使身体充满活力。

曾任日本红十字会医院外科部长的竹中文良先生也曾患过大肠癌。康复后,他为了帮助癌症患者回归社会,创办了日本健康协会。竹中先生指出:"性情开朗、积极进取的癌症患者,治愈后的康复情况也很好。"

所以，从癌症的预防到治疗，以及治愈之后回归社会，在所有阶段中，重要的就是保持良好的心态，也就是所谓钝感力。

第十一章　女性的强大之一

"弱者，你的名字叫男人。"——男性是多么诚实、严谨、敏感啊。相比之下，女性则是那么大度、暧昧而钝感。

当然，这是因为女性肩负着决定人类存亡的分娩这一最为重要的任务，所以她们拥有一种天生的力量。

如果有人问："男人和女人谁更敏感？"多数人都会回答："当然是女性了。"

然而，所谓敏感究竟指的是哪方面呢？要求不同，答案也会有所不同。

若只限于精神方面的话，恐怕绝大多数人的回答都是女性。

然而若是指肉体方面,几乎所有男性的回答还是女性,而一部分女性可能也会赞同。

总之,不论是精神上还是肉体上,多数人都认为女性敏感,但事实是否果真如此呢?

围绕这个问题,我们首先从肉体方面进行一下探讨。

单薄的男孩子

谚语中有这样一句话:"一千金,二公子。"

有些人认为,其意是指有两个儿子和一个女儿最为理想,可这样理解并不对。这句谚语的本意是指:"生孩子时老大以好养活的女儿为佳,老二是难养活的儿子较为理想。"

也许有人会对这个解释感到十分意外,其实若是儿女双全的母亲,自然就会明白这句话的意思。

女孩从小时候起睡眠就好,经常呼呼大睡,周围即便有些吵闹,也很少会被惊醒。而且,闹肚子、感冒之类的事也较少发生。相比之下,即使有点小声响,男孩也会立即睁眼,哭闹不止。还有男孩经常容易感冒、拉肚子。据说因为男孩对一切事情都非常敏感,所以较难抚养。

大概就是因为这个,两性的出生率从过去起,一直就是男孩的出生率偏高,可是等到二十岁成人的时候,男女的人数就基本持平了，以后随着年龄的不断增长，女性的人数开始逐渐增多。从这组数字上，我们也可以清楚地看到，男孩明显要难养得多，在以前那个环境卫生不太理想、营养状态很差的年代，男孩的死亡率远远高于女孩。

一旦生了男孩，全家都会对他娇生惯养，所以要想把他抚养成人，极其不易。

在江户时代，曾经建立了一个将形形色色的女性集中在大奥①的制度，就是因为男孩出生之后，长大成人的可能性较低，所以大奥制度的目的与其说是让将军巡幸女色，不如说想要得到继承人的欲望更强一些。

如此看来，从幼小的时候起，男孩就比较单薄，女孩则很结实。

这样一说，估计很多人会感到不解，因为男孩天生个子就大，体格也非常壮实。但是，外表上的壮实和肉体本身的强壮并无必然关系。男人即使外表壮实，身体自身也可能出人意料地脆弱。

相反，虽然女性外表纤细柔和，看上去比较娇弱，但是身体可能十分刚强、坚韧。

下面，我们就用具体事例来说明这个问题。

---

① 大奥：相当于后宫。

教科书失灵了

首先,我们就出血量这个问题进行一下探讨,在这方面,女性远比男性强大得多。

一般来说,人体的血液总量约为体重的十二分之一,比如体重为六十千克的人,其血液就约为五千克,约有 5000 毫升(虽然血液和水的比重并不相同),若其中约三分之一的血液流失,人就可能面临死亡。

然而,事情并非一定如此。

下面是我亲身经历的一件事情。以前我当医生的时候,曾去位于阿寒①深处的熊别煤矿出过诊。

我在熊别的时候,有一天,送来了一位三十五岁左右的休克妇女。她脸色惨白,已经失去了意识,血压也低得测不出来了。显而易见,这是由于宫外孕造成的腹内出血,而且我判断出血量相当大。

不巧的是妇科医生因为参加学术会议出差在外,就算送到最近的钏路医院,也要一个小时以上,患者肯定坚持不了那么长时间,转院途中很可能就会死亡。

---

① 阿寒:北海道钏路市阿寒町。

究竟应该如何是好呢？正当我犹豫不决的时候，护士长对我说："医生，马上做开腹手术吧。"

由于我是骨科的医生，对妇科手术完全是门外汉。但是，如果就这样无所作为的话，等待患者的只有死亡，所以我决定不顾一切地为女子做开腹手术。

首先，在输血和打点滴的同时，我打开了那位妇女的下腹部，此时她腹腔中的血一下子涌了出来，一看到眼前的情景，我的双腿不由得哆嗦起来。

"用弯盘将血舀出来。"护士长建议道。于是我赶紧用弯盘从腹腔内往外舀血，由于血液像洪水一样不停地涌出来，所以我很难确认出血的部位。

当一个黄色的膨胀物体出现在我眼前时，我不禁叫道："是子宫。"这时护士长提醒我说："那是膀胱。"于是我继续向下找去。

我就这样拼命地将血液从腹腔中清出，总算找到了破裂处，然后迅速用针线将破裂处缝合起来。

我把破裂处缝得密密实实，出血终于止住了。

但是，患者好像死去一样，从双颊到嘴唇都是一片惨白，血压当然根本测不出来。

眼前的情景让我觉得患者怕是救不活了，但该做的我都已完成，于是我让她留在手术台上继续输血和打点滴，自己脱下被血染红的手术衣,走出了手术室。

等在门口的患者的丈夫和孩子顿时迎面赶了过来。"怎么样了?"对方急问。我缓缓地左右摇了摇头。

"我们已经尽了全力,恐怕不行了……"

患者的孩子一下哭出声来,其丈夫也深深地垂下了头。

我回到医疗部,横躺在沙发上,回想着刚才那惊心动魄的一幕。

不管怎么说,出血太多了。按照医学教科书上的说法,"人体血液总量约三分之一的血液一旦流出,人就可能面临死亡"。那个女患者的出血量何止三分之一,恐怕已近二分之一了。看来她怕是救不活了。想到这里,我不由闭上了眼睛。这时,医疗部的电话忽然响了。

难道是护士来报告死讯了?我边想着边拿起了话筒。

"请您马上过来。"护士催促道。

"患者去世了?"

"不是,她的嘴唇恢复了些红色。"

这究竟是怎么回事?我觉得不可思议,赶去手术室一看,刚才还面色惨白的患者,现在双唇居然微微渗出了一丝红色,并低声发出了呻吟。

我马上将听诊器放在她胸上,她的心脏确实在跳,血压虽低,但已经可以测出来了。

到底发生了什么？我觉得莫名其妙。但是不管怎么说,患者能够生还当然是大好事。

于是我一边继续给患者输血、打点滴,一边进行观察,渐渐地她的脸上又增添了几分红润,不久便哼出声来了:"好难受……"

事情到了这一步,患者已经没有生命危险了。我指示护士继续给患者打点滴,然后走出了手术室。

于是,刚才那位丈夫迎上来问。

"我太太咽气了吧？"

"没有……"

这时,若按否定他人时的惯例,应该加上一句十分遗憾,但这时却又显得不合情理,于是我小声补充道:"她不要紧了。"

他的表情突然一变,紧紧地盯着我。

这时,我又重复了一遍:"你太太被救活了。"

"什么？……"他发出了一种怪怪的声音,"刚才医生您不是说我太太已经不行了吗？所以我已经通知亲戚们了。"

话虽这样说,但是我把他太太救活了是千真万确的,他就不能表现得高兴点儿？

我刚想说出口来,但他仍旧一脸怪异地死盯着我。

我想他一定是想对我说:"真是一个说话没谱的医生。"

弱者的名字是男人

两天之后，妇科医生回到了医院，我把紧急手术的情况和患者后来的身体状况向他进行了汇报。同时我也特别想向他请教。

"当时血出得太可怕了，我以为她肯定没救了……"

"那种病自然要出血了。"

"我觉得当时患者的血都流出一半儿了，可却被救活了。"

于是妇科医生用一种淡淡的口吻解释道：

"女性不怕出血啊。教科书上确实写着，出血量达到血液总量约三分之一的话，人就可能会死亡，不过在那种情况下死亡的大多是男性。"

听了他的教诲，我顿时变得哑口无言，什么也说不出来了。

因为女性每个月都来例假等，所以可能已经习惯了出血。

实际上，在医院实习时，见到大量出血而晕倒的大部分都是男性。女性看到小伤口时会娇气地发出"啊呀"的叫声，可是看到偏多的血时却不大会晕倒。

最近，参与妻子分娩的丈夫人数似乎在不断增加，此时医院会首先提醒他们注意："进了分娩室如果感到不舒服的话，请马上告诉我们。"这是因为许多丈夫看到妻子分娩就会晕倒，由此也可以知道，许多男人十分害怕出血。

女性一般不会因为出血而晕倒。事实上,生产的母亲如果在分娩过程中休克的话,那将关系到即将出生的孩子的性命。

即便如此,出血量达到血液总量的二分之一还能被救活,究竟是怎么回事? 而且在那种情况下死亡的大多是男性而非女性,这又是因为什么?

男性是多么诚实、严谨、敏感啊。相比之下,女性则是那么大度、暧昧而钝感。

当然,这是因为女性肩负着决定人类存亡的分娩这一最为重要的任务,所以她们毫无疑问拥有一种特殊力量。

"弱者,你的名字叫男人。"

令我惊讶的是六年之后,我在一个叫纹别的地方,又遇见了被我救活的那位女士。

她对我说:"医生,您是我的救命恩人。"她不仅送了我一瓶威士忌,还让我看一个两岁大小的男孩。

"这个孩子是您救了我以后生的,我给他起了一个和您一样的名字。"

如今那位小淳一应该年过不惑了,没想到被我五花大绑般缝合的地方重新复活,还孕育了一个孩子。女性的身体是多么强壮而坚韧啊!

第十二章 女性的强大之二

女性既不怕寒冷,也不怕出血和疼痛。在过去,分娩对于母亲和即将降生的婴儿来说,都是性命攸关的一道坎,女性如何才能闯过此道难关,竭尽全力将孩子生下,使人类得以持久地存在下去呢? 为此,必须将担当分娩重任的女性打造得更为坚韧而强壮。

在前一章当中,我们围绕出血这个问题探讨了女性的强大,在本章中将对女性不畏严寒和疼痛的强大力量进行阐述。

女性的身体

女性和男性相比,骨骼较小,身体纤细,因此一般认为女性应该比较怕冷。

事实上女性中手脚冰凉的人很多,所以看上去好像比男性害怕冷。

其实不然,因为女性身体里拥有从外边看不出来的较厚的脂肪层,所以相当抗寒。

在女性所有重要的部位都有脂肪,因此女性的身体看起来十分丰满而柔软。

相比之下,男性身体骨骼较大,外表十分结实,但是体内的脂肪层却出人意料地少,所以看上去显得骨感很强。

这种现象我们从那些变性人身上就可以看得一清二楚。他们不管穿什么女装,怎样模仿女性的言谈举止,总让人觉得缺点儿什么,其实他们欠缺的就是女性的那种圆润。

因此,即使是再消瘦的女人,体内也藏有相当多的脂肪层。而那些肥胖的女性,身体内的脂肪就更多了。

实际上,因盲肠炎等进行开腹手术的时候,由于女性腹腔内有大量的脂肪,所以要用钩子之类的东西将脂肪左右分开,而这个工作十分难做。

而对于偏瘦的男性,这种手术最容易做,跟外表看上去一样,他们的脂肪层很薄,拨开不费什么工夫,马上就能够到盲肠部分。

患者皮下脂肪的多少,决定了手术的难易程度,但盲肠炎手术的收费标准却全都一样,这对于做手术的医生来说,是有些不公平。

"怕冷"的她

不过,除了为女性做过手术的外科医生,这种事情一般人无从知晓。

其实我年轻的时候对这些也一无所知,误以为女性非常怕冷。

那还是我在大学上基础课的时候,有一次和七八个朋友一起到北海道一座名叫尼濑古的山上去滑雪。

没想到在滑雪途中遇到了暴风雪,大家连忙一起向山下赶去,可是我们中的一个女孩突然摔倒了。

在队伍最后负责压阵的我赶到后将她扶了起来,可这时暴风雪非常猛烈,我判断强行下山将很危险,所以决定在恰巧发现的山崖下面的一个雪洞里躲一会儿再说。

当时我以为过一会儿,天马上就会放晴,然而暴风雪好像根本没有停的意思。

天冷加上不安,她频频叫道:"冷死了,冷死了。"

"再过一会儿就可以下山了。"我一边鼓励她,一边脱下我的登山服给她穿上,然后一起原地踏步。

说实话,我那时对她抱有好感,所以待在雪洞里也不觉得难受,只是没了登山服,着实把我冻得够呛。

就这样,我们在那儿待了两个小时左右,暴风雪渐小后,我们安全地来到了山下。

什么危险都没发生,不过从第二天开始,我却得了重感冒,卧病在床了。

可那个女孩却一切正常,据说第二天就照常上学了。

说句玩笑话,如果那时我知道女性的皮下脂肪是那么丰富的话,可能就不会把自己的登山服借给她了。

分娩的痛苦

接着我们来看一下两性对疼痛的反应。在这方面,绝对也是男性表现得敏感而脆弱。

在一般人的印象中,都会觉得女性怕疼,就像打预防针时那样,稍有一点儿刺激,女性就会皱起眉头喊:"好痛……"反应十分夸张,所以人们容易认为女性怕疼。

与之相比,男性似乎十分坚强。"稍微有点儿痛,请忍一下。"谁都明白叫痛关乎男性的尊严和面子,被护士那样一说,只好拼命地忍耐。

也就是说,男性是靠精神上的力量来忍耐的。与之相比,女性对生理上的那种痛彻心扉的痛苦的忍耐力却出人意料地坚强。

尤其是暗示和诱导对女性十分管用,"绝对不要紧,所以请不要担心"。医生通过语言和气氛让她们安下心来,后者便可以忍受极大的疼痛。

人们所说的身体的几大病痛,一般是指胆结石和肾结石的疼痛,还有痛风及痔疮的疼痛。对于这些疼痛,女性绝对要坚强得多,这从以前起就是众人所知的了。

胆结石和肾结石的疼痛,实际上是因体内的结石要通过比它窄小的管道时所产生的剧痛。

然而分娩的痛苦远要比这些大得多,而且持续时间长。但绝大多数女性都会毅然决然地忍受分娩的疼痛。

更有甚者,在忍受了那么大的痛苦之后,女性竟然还会提出:"我想再要一个孩子。"

经历了如此厉害的疼痛,还想心甘情愿再受一次苦,她们是多么勇敢和坚强啊!

如果让男性代替女性承受分娩的痛苦,几乎所有的男性都会踌躇畏缩,掉头就跑。

不仅如此,我认为男性连妊娠本身都忍受不了。

肚子里怀着一个孩子,直至两三千克。十月怀胎的生活会如何艰难，只是想象一下，都会让人窒息。可是女性为了成为母亲，却可以毅然决然地向这种艰难挑战。

假如让男性负责传宗接代的话，他们中的一半以上或许在怀孕五个月前后就会叫苦连天："我实在受不了了，让我把孩子打掉吧。"

就算有百分之几的男性能承受十月怀胎的艰辛，也仍然忍受不了随之而来的分娩的阵痛，他们会哀求医生："请让我剖宫产吧。"

这种状态的话，人类持久地存在下去，将变得不可能。

坚韧而强大的女性

读到这里，我想很多人都知晓，女性在相当程度上具有不怕出血、不怕寒冷、不怕疼痛的特性。这些都是人类单独赋予女性的能力。

分娩对于母亲和即将降生的婴儿来说，都是性命攸关的一道坎。

女性如何才能闯过此道难关，竭尽全力将孩子生下，使人类得以持久地存在下去呢？

为此，必须将担当分娩重任的女性打造得更为坚韧而强壮。

说实话，在传宗接代这件事上，从做爱到射精这个过程一结束,男人的本质作用就完成了。

之后的十个月,从怀孕到分娩,所有这些都要依靠女性的身体完成。

了解了生理上这一无可争辩的事实,我们就能明白人类在某种意义上把女性身体打造得如此坚强、钝感的理由了。

为了让女性在十月怀胎期间避免感冒和受到意外的撞击,而且不会因为暂时的饥饿而衰弱,所以让女性体内储存着充分的脂肪层。

为了让女性经受住分娩的痛苦,所以让女性的身体不怕疼痛。

为了让女性在分娩时,即使万一出现难产的情况也不至于因流血不止而轻易死去,所以将女性打造得不怕出血。

正是因为女性的这种强大,人类才能诞生;也正因为如此出色的钝感,人类才不会轻易灭亡。

第十三章 感谢嫉妒与讽刺

在我们身边,经常会发生被朋友或同事嫉妒、中伤和刁难的事情。

不要听到一些不中听的话就如临大敌,而应该仔细思考对方那么说的原因,体察对方的心情。

这种胸怀宽广的钝感力,可以在我们的日常生活中起到极大的作用。

在我们身边,经常会发生被朋友或同事嫉妒、中伤和刁难的事情。每次受到这些伤害,许多人都会非常难过,有时甚至因为过于不安或烦躁,导致身心出现异常状况,这种情况并不少见。

一些人甚至认为这些伤害就是人生最大的痛苦。

然而,在这种情况下,人们最为需要的就是钝感力。只要拥有钝感力,不管多么痛苦的事情,都能转化成为对自己有利的因素,这样才有可能以积极进取的态度坦然地生活下去。

男人的嫉妒

首先,我们探讨一下嫉妒。遭人嫉妒的时候,大家都会陷入情绪黯淡、心情抑郁的境地,认为没有比嫉妒更让人烦恼和不能原谅的事情了。

不过,男人之间的嫉妒和女人之间的嫉妒还存有些许不同。

首先,人们通常认为女性嫉妒心更强、更加偏执,事实上"嫉妒"二字也带了两个女字旁。

不过,多数女性的嫉妒主要来自男女关系,在这方面,不少女性的嫉妒表现得非常固执而阴险。

相比女性而言,多数情况下,男性性格爽朗,人们通常认为男性不易嫉妒他人,然而事实并非如此。

在男女关系上,男性的嫉妒心可能的确没有女性那样强烈,但是事情一旦涉及工作和社会地位等问题,男性的嫉妒却出人意料地强,其阴险程度并不亚于女性。

比如小 A、小 B 同时进公司,开始时他们关系很好,但是和小 A 的不断升职相比,小 B 总是落后一步。

慢慢地，小 B 开始嫉妒小 A，并开始到处散布对小 A 不利的谣言。

这就是人们常说的因嫉妒而产生的中伤。

年轻时的嫉妒和中伤，可能还只限于朋友和同事之间，到了公司干部之间相互争斗的时候，嫉妒的计划性和周密性就加强了许多。

例如，双方都在竞争某一职位的时候，一方就可能会故意散布贬低对方的谣言或有害的消息，而本人还装出一副什么都不知道的样子，和对方亲密相处。

这样一来，事情已经不再是单纯的中伤，而是一种带有恶意的谋略了。

嫉妒的范围极广，拥有优良的品质或超众的能力，父母有权有势，家庭富有，本人英俊，受女孩欢迎，等等，因为拥有以上条件而遭人嫉妒、中伤的情况时有发生。

被嫉妒、中伤的人因此心情非常郁闷，精神压力很大，日子自然不好过，这种情况确实值得同情。

但是，问题在于如何和那些不公平的刁难抗争，怎样才能活出自己的本色，堂堂正正地生活下去呢？此时，不因琐碎小事而气馁的钝感力就变得十分重要了。

被嫉妒的幸福

得知自己遭人嫉妒、中伤的时候，所有人最先想到的就是谁在嫉妒我，为什么要中伤我。这些最让人耿耿于怀。

也许有人觉得对这些问题进行调查于事无补，然而只要稍微认真追查一下，找到答案是很容易的事。问题是知道答案之后的对策。

很多人会一下子变得十分恼火，怨恨对方。有人甚至用更难听的话还击对方，双方之间的争斗愈演愈烈，自己也免不了会受到进一步的伤害。

因此，这种做法并不妥当，这时最为重要的就是无视对方的存在。

一般嫉妒、中伤别人的人，其自身的境遇多数不如对方。比如，在公司遭到嫉妒的都是些工作能力很强的人，相反，嫉妒别人的人大都能力平平，甚至较差。另外，遭人嫉妒者大多生活幸福，而嫉妒的人则通常都不如前者。

如果能想到这一层，对于那些中伤与嫉妒就会不太在意了。因为遭人嫉妒者是由于其自身条件优越，造成对方因羡慕而嫉妒的。

"对不起，因为我太能干了，所以才让你烦躁不安。我十分理解你嫉妒的心情,我知道你活得很辛苦,适可而止吧。"

遭人嫉妒者若能说出这番话来,心情也就坦然了许多。

想到嫉妒别人的人比遭人嫉妒者更加可怜,更加辛苦,因此,与其说怨恨嫉妒之人,还不如说应该向对方道谢才对。

"谢谢你总是这么嫉妒我。托你的福,我会更加努力的,今后还请继续嫉妒吧。"

这一切表明:看问题的角度不同,人们的感受也截然不同。任何事情都应灵活地从积极的方面进行思考。而钝感力就是这种思维方式的动力。

不要听到一些不中听的话就如临大敌,而应该仔细思考对方那么说的原因,体察对方的心情。

这种胸怀宽广的钝感力,可以在我们的日常生活中起到极大的作用。

讽刺达不到目的

在对嫉妒钝感的同时,还需要另一方面的钝感,就是对讽刺的钝感。

即使心里明白对方的话中多少带有讽刺意味,也要泰然自若,一听而过。

我举一个具体的例子,我家附近有一位爱美的老太太。她的年纪大概八十出头,平时总是精神抖擞,好像经常外出。

去年开春的一天,我刚出家门,老太太恰巧也从斜对面的家中出来,她对我绽颜一笑,我也点头向她致意。

这时老太太突然挺起胸膛问我:"这个,怎么样?"

当时她全身裹了一件粉底散花的连衣裙,肩上披着一条浅色的开司米披肩。

老太太的身姿确实十分挺拔,看上去远比她实际年龄要年轻许多。可无论从哪方面讲,那个连衣裙都太艳丽了,但我还是非常坚定地说道:

"非常漂亮啊,您穿起来真合身。"

这时,老太太满面笑容地致谢说:"谢谢,我太高兴了。"说完她转身走了。

望着她那艳丽夺目的背影,我仿佛觉得在那春天的街道上,只有她一个人在闪闪发光。

一个月之后,我再次遇见了那位老太太。

这次她身着一件花哨程度不亚于上次的橘黄色连衣裙,胸前垂着一条硕大的项链。

相互寒暄了几句后,她又问我:"怎么样?"

我的回答当然还是:"您穿上去很合身。"

"谢谢。"老太太又是满意地一笑。

她那怡然自得的样子,让我有一种感觉,好像每次见到我,受到我的称赞都是理所当然的,这多少令我有些不快,但是她的表情那么天真,我也就言不由衷了。

据说附近的人都是如此,每次听到老太太发问,大家都会这样称赞:"您穿起来真合身。"除此以外,别无他法。

每次听到别人称赞,老太太都是莞尔一笑,一脸满足的表情。

写到这里,我想大家已经明白,这个老太太根本听不出什么是讽刺。

听到"特别漂亮,您穿着真合适"这样的话,她会毫无疑问地照单全收,也坚信自己如此穿着非常漂亮。

正可谓是没有比老年人的大胆更可怕的了,然而令人不可思议的是,在大家的眼中,那些艳之又艳的服装被老太太穿上后居然慢慢开始顺眼起来。

人们常说:"衣服的合身是穿出来的。"这位老太太就是不管衣服是否适合自己,只要喜欢,穿上再说。多数人可能没等穿上衣服就开始战战兢兢了,或者索性放弃了尝试。

但是,这位老太太却不畏惧,落落大方地把衣服穿了起来。大家说的"您穿着很合身啊"之类的讽刺之语,她也当作夸奖,继续穿着鲜艳的衣装。

也就是说,讽刺在老太太那里根本行不通。或许,即使她听出了讽刺的意思,也只照字面的意思理解,渐渐地她开始适应那些鲜艳的衣服,而人们也开始适应她了。

在现实生活中,人们很难像这位老太太那样不介意他人的讽刺,堂堂正正地按照自己的信条行事,而是常常不自觉地往后退一步,等到本人察觉的时候,可能已经退了百步之遥了。

这位顽强的老太太的动力,正是她听不出讽刺或完全不理睬讽刺的钝感力。

"这件事我说什么也要这么做。"

一旦下了决心,就能够无视周围人的目光和流言蜚语,毅然决然地进行。即便听到别人的讽刺,也是一副"与我无关"的架势,大大方方地勇往直前。

这种钝感力,正是人们向崭新的领域挑战时获得成功的原动力。

第十四章　恋爱的能力

喜欢对方,希望将彼此的恋爱关系延续下去的话,就要在某些方面拥有原谅对方的胸怀。

假如凡事都抱着眼里容不得沙子的态度,锱铢必较,双方都会因此而窒息,彼此之间的关系很快就会土崩瓦解。

如果两个人希望永远相爱,幸福美满,就要在某种程度上能够原谅对方,钝感一些。

这种钝感力,正是一种让恋爱关系长久维系的恋爱能力。

如果我说对相爱的男女来说,最需要的就是钝感力,恐怕多数人都会感到惊讶。相反,许多人认为敏感才能使男女之间的关系得到发展。然而,这种情况只限于恋爱的初期阶段。而在男女恋爱之后,要想长期维持双方的良好关系,不仅需要敏感,同时也更需要有益的、能够原谅对方的钝感。

小小的背叛

恋爱初期,两个彼此不太了解的男女逐渐走到一起,这时男女双方都把全部精力集中在对方身上,在这个阶段,对于对方的一言一行、举手投足都会十分敏感。

这种现象在动物世界里也是同样,雄性动物一边侦察雌性动物的反应,一边用自己的姿势、举动拼命吸引对方。

在这个阶段,钝感的确不足以形成恋爱关系。

但是,问题在于恋爱之后。一对男女幸运地成为情侣后,双方会开始犹豫,是步入婚姻的殿堂呢,还是再享受一阵恋爱的甜蜜呢?

从这个时期开始,敏感和钝感这两种能力就需要同时兼备了。

首先,需要敏锐的感性。不言而喻,就是需要具有尽早了解对方眼下想些什么,要求什么,以及如何应对的敏感。

恋爱的男女,把对方的敏感当作是给予自己的温柔和关怀,双方的关系因此朝甜蜜的方向进一步发展。

然而，总是让对方优先并不能保证两个人的关系一定能够顺利发展。在长时间的恋爱中，因一些琐碎的小事受到伤害、情绪不快的情况时有发生。

还有，从恋爱的过程来看，相恋时间超过一年之后，男女双方之间便会慢慢地开始出现一些小的摩擦。

当然，彼此的恋爱关系不会因此结束，只是两个人会觉得有些无趣。

比如，女方提出这个周末想去看电影，男朋友却告诉她有事不能去。于是女方放弃了看电影的要求，可男朋友却跟自己的伙伴打高尔夫球去了。

女方知道后，肯定会问："我和你的伙伴，谁更重要？"

相反，男方想约自己的女朋友，对方却说没时间拒绝了，事后男方仔细一问，才知女朋友见她的朋友去了。对此，男方当然也会有同样的抱怨。

在这种时刻，若反应过于敏感，事情就容易变得不可收拾。说不定还会以此为导火索，把平日里积攒下来的不满一下子爆发出来，两人大吵一架。

与其那样，不如先把自己的火气压一压，宽容对方一次。

"我也有不尽如人意的地方，所以算了吧。"用这样的想法和态度去原谅对方。

这时,钝感力就显得十分重要。

变为西餐派

男女双方在保持恋爱关系的过程中,其实自身都在不断发生变化。

比如,我的一个熟人K先生,今年四十五岁。大概由于他从小就是在海边的一个小镇长大的,所以他是一个地地道道的日餐派。

主食当然是米饭,除此之外,K先生也就吃些荞麦面和乌冬面,面包几乎不沾。他最喜欢的料理是蔬菜和鱼类,而且鱼还偏好白色、口味清淡的。生鱼片和烤鱼他都中意,还时常感叹没有一家好吃的日本料理店。

他的酒量相当不错,无论去什么地方,都是啤酒和清酒两样,威士忌、烧酒几乎不喝,红酒就更不用说了。虽说不是一点也不吃肉,但他顶多也就是去烤鸡肉串的小店吃些鸡肉,最怕吃猪肉、牛肉。

因此,偶尔被我们带到意大利餐厅或法国餐厅,他也是一副这种东西怎么能够下咽的表情,除了蔬菜沙拉和少许汤外,其余的东西他几乎不碰。

他也主动对外宣称自己是日餐派，一直坚持日本料理最好。

就是这么一个男人，不知何时起居然变成了一个西餐派。

那次我们一起去意大利餐厅，起先我还以为他肯定又是特别不情愿，然而开始用餐以后，却没见他露出什么不满的表情。即便如此，我仍觉得他大概是为了迎合大家才这样的，可很快我发现他居然是一副手拿刀叉兴致勃勃的神情。

"你不要紧吗？"我问。

"嗯，还行……"他已几乎把面前的意大利菜吃得一干二净。

一起用餐的朋友也都呆呆地望着他。

接着他又拿起红酒喝了起来。

于是我问："你的饮食习惯好像变了好多，怎么了？"

他面带羞涩地说道："说实话，我正在和一位女子恋爱，她是一个西餐派。"

我顿时恍然大悟，使劲点头。

原来，他从一边倒的日餐派变得西餐也可以吃了是受他女朋友的影响啊。知道自己的女朋友喜欢西餐后，K 先生开始是勉为其难地迁就她，慢慢地也就变得习惯吃西餐了。

恋爱真是可以改变一个人。

如果 K 先生没有和那位女子谈恋爱的话，那么他恐怕一辈子都不会碰西餐和红酒。

如果不把这称为革命,又该叫什么呢?

然而更值得称道的是 K 先生在恋爱的时候,有决心、有能力对自己进行革命。如果换成那种凡事过于敏感,过于固守成规,拒绝改变的男人,就不可能发生这么大的变化了。

K 先生在不惑之年出色地改变了自己。这种能够令人改变的力量,正是他所拥有的出色的钝感力。

在 K 先生的味觉中,其实一直潜藏着一种左右转换的灵活性。这正是钝感力的表现,正因如此,他才能改变自己,也才能和女朋友更顺利和谐地发展恋爱关系。

原谅对方的爱情

我再介绍一个发生在一对恋人身上的事情。

男主人公是一位四十岁的已婚男子,名字叫 T;女主人公三十二岁,名叫 S 子。

两个人因工作关系相识的时候,T 先生已有太太,S 子小姐独身,他们逐渐亲密起来,发展成所谓婚外情。

S 子小姐喜欢 T 先生自不待言,可有时,她还是会因为 T 先生已婚一事陷入烦闷和不快之中。其实 S 子小姐从和 T 先生开始交往时,就已知道他有家庭的情况,即使这样,她也仍会因为嫉妒而饱受折磨。

比如深夜时分，T 先生从 S 子小姐那儿回家。望着 T 先生离去的背影，S 子小姐就会变得坐立不安。一想到 T 先生回到家中，他妻子也会偎依在他身边，S 子小姐就觉得头脑发胀，仿佛快要发疯了似的。

还有放假的时候，S 子小姐提出想和 T 先生见面，而对方却以"今天我有事要跟孩子一起出去"为由回绝，她觉得 T 先生完全不在乎自己。

另外，眼前一旦浮现出 T 先生和妻子拉着孩子的手开开心心地走在一起的情景，S 子小姐就会变得十分生气。

想来想去，还是跟这个人分手吧。这样的想法虽然有过多次，可是没过多久，S 子小姐又在为与 T 先生的约会而心情激动了。

"真是的，我这个人真没用啊。"

S 子小姐有一次不自觉地向我吐露了实情。

"要想把爱情进行到底，没有钝感力的话，根本行不通啊。"

"钝感？"我追问了一句，随后慢慢地点了点头。

的确，两个人相亲相爱的时候，一方对另一方的言行过于敏感的话，恐怕双方的关系很难长久持续下去。尤其是 S 子小姐这种情况，假若对 T 先生的言行都过于敏感，时常因嫉妒而发火、哭泣的话，两个人的关系很快就会走向崩溃。

当然，这种婚外恋我并不赞成。我想说的是，双方一旦相恋，要想将彼此的爱情持续下去，在某种程度上，没有那种不拘小节的钝感力是难以做到的。

S子小姐感触颇深地喃喃自语道："所谓爱情，就是宽容和原谅对方吧。"

这句话真是含义深刻啊。喜欢对方，希望将彼此的恋爱关系延续下去，就要在某些方面拥有原谅对方的胸怀。假如凡事都抱着眼里容不得沙子的态度，锱铢必较，双方都会因此而窒息，彼此之间的关系很快就会土崩瓦解。

如前所述，男人和女人是不一样的。不要说感情，就是在身体和生理方面也是截然不同的。因此，如果两个人希望永远相爱，幸福美满，就要在某种程度上能够原谅对方，钝感一些。

这种钝感力，正是一种让恋爱关系长久维系的恋爱能力。

第十五章 为了更好地生存

面对芸芸众生各式各样的毛病,有些人耿耿于怀,有些人不太在乎,有些人视若无睹。

在这方面,人们的感觉各不相同,但有一点非常明确,就是只有对各种令人不快的毛病忽略不计、泰然处之,才能开朗、大度地生活下去。

只有拥有这种钝感力的人,才能在团体生活中出人头地。

白领们每天工作的地方就是公司。要想在公司里工作并取得好成绩,钝感力是必不可缺的。

为什么钝感力在公司如此重要?可能很多人都会质疑。那是因为我们每天出门之后，公司是我们在外面度过时间最长的地方，大家都希望能在那里更好地生存、发展，所以就更加需要钝感力了。

娇声与香水

我认识一位叫 K 的男编辑，有一段时间，每次我们见面，他都会唉声叹气。

原来在他们部门，有一位中年女编辑与他比邻而坐。那个女编辑微微有些发福，总喜欢穿戴一些与其年龄不符的极其艳丽的服装，据说凡事还喜欢插上一嘴。

那位女性我也见过，因为在工作上和她没有直接关系，所以不太了解，仅从外表来看，给人一种举止有些夸张，口才很好的印象。

小 K 本来和那位女编辑就合不来，好像有些讨厌她，而最令他头痛的就是她打电话的声音。

因为距离很近，所以一切声音都会传到小 K 耳中，女编辑常以一种尖锐刺耳的声音喋喋不休地说着话。

"真是的，竟发出那种和长相、年龄不般配的娇滴滴的声音……"

小 K 似乎一想起来就觉得恶心似的哑着嘴说。

小 K 那么在意那位女编辑的声音,还能安下心来工作吗?说实话,为了使自己听不见女编辑的声音,小 K 曾经尝试用过耳塞,可还是挡不住那种噪音,噪音弄得他坐立不安。

那个女编辑还喜欢浓妆艳抹,刺鼻的香水味实在让小 K 无法忍受。一整天都坐在女编辑旁边,他觉得自己身上似乎也染上了香气,回到家里马上就去浴室,而且要洗好几次,连衣服也每天都想换掉。

因为受女编辑的影响,小 K 天天烦躁不已,这样一来,自然就不能安稳地工作了。

"你要求换一个座位吧。"我试着建议说。可是以声音和香水为理由吗?小 K 又说不出口。

不是因为工作上的理由而要求调换座位,的确显得过于任性。不过,照这样下去的话,烦躁不安愈演愈烈,说不定会搞垮自己的身体。

因此,小 K 终于不顾一切地恳求上司准许自己换个座位。

看到上司听完理由后的一脸苦笑,小 K 觉得上司对女编辑的娇声恐怕也感到难以招架。不管怎么说,小 K 总算得到了上司的允许,搬到了离女编辑三个办公桌远的座位。

那样一来,女编辑的声音虽然还能听到,但比起以前已不那么刺耳,而且也不会因浓烈的香水味而感到窒息,小 K 顿时觉得工作环境改善了很多。

顺便提一句,据说女编辑旁边的办公桌,从此之后就一直空在那里。

听了上述故事,多数人肯定同情小 K。大概不少男性还会额首回应:"有,有,是有那种女人。"不仅如此,就是女性也会对这样的人敬而远之。

然而问题在于,并不是所有的上司都能像小 K 的上司那样通情达理、体恤下情。可能有的会说:"眼下还做不到,所以你再忍耐一段时间吧。"更有甚者,反而还会遭到上司的斥责:"别提这种任性的要求!"而如果女编辑听到传言,兴许会把小 K 大大羞辱一番,说不定两个人会从此变得互不理睬。

这样一来,事情就越闹越大了。像小 K 那种神经质的男人,很快就会变得神经衰弱,最后可能还得去看心理医生。

即使事态没有那么严重,但是复杂的工作环境也还是时常会遇到的,那么,如何能在其中心情开朗地工作呢? 这时十分重要的就是钝感力。

女编辑撒娇的声音和强烈的香水味,其好坏暂且不论,但是如果拥有不太在乎这种事情的坚强的钝感力,不就能够战胜干扰,不受影响地做好自己的工作了吗?

如此想来,拥有坚强钝感力的员工对公司来说,可是宝贵的人才,以这种顽强的精神,今后极有可能担任公司的要职。

各种各样的毛病

像这种惹人讨厌的人当然不仅限于女性,同时在人数众多的公司当中,也一定存在那种招人心烦、使人焦躁的人。

下面,我把从众人口中听到的一些遭人厌恶的毛病列举一下,这都是些在某种程度被大家公认的恶习。

首先,是由女性指出的男性的一些毛病。如身体散发异味,不时抖动双腿,用指肚蘸着唾沫翻看文件,吃饭时咀嚼声音很响,对年轻女性举止轻薄,等等。

另外,男职员对上司最多的不满就是,如果婉言拒绝同上司一起去喝酒的邀请,上司会立刻拉下脸来。而若是因为害怕屈从的话,酒桌上又要听上司喋喋不休地吹嘘那些自己早已耳熟能详的"丰功伟绩",有时还会突然从自吹自擂转向说教。反正一去酒吧之类的地方,上司总是一派唯我独尊的架势,令人生厌。

相反,从上司的角度看,令人心烦的就是工作磨蹭、能力不强的下级。稍稍提醒一下,对方便会垂头丧气,再说两句的话,就会变得不高兴,等等。

听到这些不满,每一条我都觉得十分有理,我也深刻体会到在集体中生存的复杂和艰难。

然而,上司的性骚扰,喜欢自吹自擂,常对部下说教等不良习惯,如果其本人有所注意或有人以适当方式指出的话,其实都能够得到某种程度的改善。

还有工作进展慢,被上司提醒一下就不高兴的部下,只要本人意识到并加以努力,也很有可能得到相当程度的改善。

同样,香水刺鼻,说话装腔作势之类的毛病,若做上司的能够严肃指正的话,对方总能有所收敛。

和上述这些毛病相比,浑身异味,不时抖动双腿等不良习惯,由于和人的本质相近,改起来大概有些难度。

例如浑身异味的人,不少是由于体质造成的。其本人注意的话,似乎可以消除或减轻一些气味,不过恐怕有人又会在乎那些用来消除体味的气味。如此一来,我们或许也只能说那些"受害者"的嗅觉过于敏锐或者过于敏感了。

还有,不时抖动双腿当然也是一种不良习惯,其实很多时候本人没有任何恶意。然而,对其他人来说,那就是一种无法原谅的举动。

可是,怎样才能让对方停止这种举动呢?每次看到都提醒对方,大概也不现实。该在那个男人面前悬挂一张"请不要抖腿!"的大纸条,还是只要对方稍有抖动,马上就"啪"的一掌打下去？这些都无法做到。

　　还有，尽管我们可以要求对方"在翻文件的时候，不要用手指蘸唾沫"，可是许多人之所以这样做是有原因的，尤其是上了年纪，手和指肚分泌的水分会逐渐减少，为了补救这种缺陷，才会用指肚蘸了唾沫翻页。如果知道了这个原因，我想其他人可能也就少有抱怨了。

　　再有，对工作不能干的部下感到烦心，若是本人偷懒倒也情有可原，如果其本来就不适合这份工作或没有能力，那就是另外的问题了。如此的话，与其说是职工的责任，不如说是公司人事部门的责任，责备员工本人或许有些苛刻。

　　综上所述，同样是令人不快的不良习惯，有些是当事人可以改的，但有些即使当事人想改，恐怕也不那么容易。

　　从以上情况我们可以得知，人们的好恶以及忍受范围各不相同，可谓是千差万别。而公司正是各种好恶之情彼此涌动、互相碰撞的场所。

　　那么，具备何种才能的人才能在这样的环境中迅速适应，并如鱼得水地工作，乐观开朗地生存呢？

　　这就是必不可少的钝感力。

　　面对芸芸众生各式各样的毛病，有些人耿耿于怀，有些人不太在乎，有些人视若无睹。在这方面，人们的感觉各不相同，但有一点非常明确，就是只有对各种令人不快的毛病忽略不计、泰然处之，才能开朗、大度地生活下去。

只有拥有这种钝感力的人，才能在团体生活中出人头地。

第十六章 适应环境的能力

在如今这个国际化的时代里,无论到哪个国家,无论处于怎样的环境之中,都能精神饱满地生活下去。没有什么比这种适应环境的能力更为出色、更为强大的了。

这种适应环境能力的原点就是钝感力。

各色人等都拥有各自的适应能力。正是这种适应能力,保证了我们身体的健康,而钝感力在这个方面也发挥了巨大的作用。

也许有人觉得不可思议:为什么在适应力这个问题上要牵扯钝感力? 其实健康的身体正是充满钝感力的身体。

伤口的愈合

比如,三个男孩在一起玩捉迷藏时摔了跟头,他们的膝盖上都负了同样的伤。

这种程度的小伤,即便不用治疗当然也可以痊愈,然而痊愈的过程却因人而异。

首先是小 A,他的伤口不仅一直不好,反而还有点儿化脓,疼得他走不了路。因此小 A 去医院给伤口上了药,还打了一针抗生素,将近一个星期后,他的伤才好。

和小 A 相比,小 B 的膝盖很快就不疼了,他自己在伤口上抹了一些药膏,老老实实待了五天,伤口就痊愈了。

还有小 C,他的膝盖只是在受伤时疼了一阵子,可他也没有去管,伤口就自动结了痂,四五天之后,好得就像什么都没发生过一样。

一般来说,伤口痊愈首先是由皮肤增殖分化,然后伤口下面的肉芽就长了出来。与此同时,伤口两侧的皮肤开始合拢,很快连在一起,伤口就愈合了。

在伤口痊愈过程中,倘若出现细菌感染或抓挠伤口的情况,痊愈时间就会延长,伤口甚至还会恶化。然而,如果只是轻伤的话,只要先用消毒液轻轻擦拭伤口,再将适量的药膏涂在伤口上,然后缠上绷带,不久伤口自然就好了,这就是所谓自愈能力。

现在孩子稍受一点儿小伤,多数妈妈就会马上带着孩子去医院。其实人的身体就像时常可以自己愈合的伤口一样,其所有的机能都是围绕生存发挥作用的。但是这种自愈能力的强弱因人而异。

身体健康且组织修复愈合能力强的人,伤口自然容易愈合,伤口治愈时间较短;而有些人组织修复愈合能力较差,故伤口需较长时间才能愈合。

在伤口愈合期间,还存在各种细菌的感染问题。

像小 A 那样对细菌抵抗力弱的人,细菌轻而易举就能入侵,于是伤口附近开始化脓。小 B 的伤口即使沾到细菌,因其体内白细胞等防卫力量强大,虽然需要一些时间,但最后总能取得胜利。而小 C 的皮肤本来就好,加上自身的防御非常坚固,所以细菌不会轻易入侵。

这种自愈能力的强弱,其实换一种说法,也就是皮肤钝感力的强弱。在这方面,小 B 比小 A 强,而以小 C 的钝感力为最佳。

即使同处一室

下面是三个同去旅行的大学生同住一个房间时发生的故事。

我们把这三个人也称作 A、B、C,那天深夜,三个人都感到有些寒冷,于是大家都把被子拉到肩头睡了。

第二天早上,小 A 什么事都没有,小 B 却不停地擤起了鼻子,而小 C 则有些低烧,嗓子也疼,好像感冒了。

三个人在同一时间睡在同一个房间里,被子的厚薄也一样,一夜过后为什么各自的情况却如此不同?

原来,小 B 鼻咽部的黏膜对温度的变化比较敏感,房间里的温度只是下降了一些,他鼻咽部的黏膜就有些异样,有些轻微的炎症。但仅限于此,之后也没有出现什么再严重的症状。

但是,小 C 鼻咽部的黏膜却无法很好地应对深夜气温的降低,所以第二天早上鼻咽部的黏膜都出现了炎症,甚至还发起了低烧。

而小 A 尽管和他们处于同样的环境,却没有出现任何不适,他鼻咽部的黏膜没有发生变化,完全正常。

从三个人的不同反应我们可以看到,小 C 鼻咽部的黏膜非常敏感,温度略微有所变化就出现反应,小 B 则显得有些钝感,而小 A 鼻咽部的黏膜就相当钝感了。

敏感好,还是钝感好,在此不言而喻了。由此可见,钝感是健康的出发点。

如何才能培养身体的钝感力呢? 当然,我们要通过各种方法增强自己的基本体力,不过由于鼻咽部黏膜的特性以及每个人体质的不同,所以这些问题是不可能轻易就能改善的。

尽管呼吸的是同样的空气,可是每个人的反应却如此不同,这让我们再次认识到,世上有各种各样的人,各式各样的体质,千差万别的钝感力。

体内平衡

一般来说,随着大自然或房间的温度变化,我们的身体会自然而然地进行各种调节。

例如气温下降,感觉寒冷的时候,我们会穿上大衣,哪怕熟睡中也会不自觉地将被子盖好,将身体紧紧缩成一团。与此同时,我们身体的皮肤表层会出现血管收缩的情况,以此防止体内温度向外扩散。

相反,在炎热的时候,通过皮肤表层血管的舒张,达到发散热量的作用。

同样,鼻咽部黏膜的血管也会根据外部温度的变化,进行舒张或收缩。

因此,我们把生物为适应环境变化,将体内的形态、生理状态保持在安定范围内以维持生存的性质称为体内平衡。

就体温而言,人体会根据外界温度变化进行自我调节,使体温保持在一定温度。人体的这种特性与生俱来，能让我们的身体适应各种各样的环境变化。

但是，有时人的这种适应能力也会减弱。比如，一些由于患病而身体虚弱的人，还有老年人，等等，他们的身体不能很好地适应外界环境的变化，因此，身体会迅速衰弱，甚至可能导致死亡。

人们常说在季节交替之际，死亡人数容易增加，那是因为一些年老体弱者的身体不能适应季节变化。

人体总在尽力保护自己适应外界环境的变化，这种自我保护能力也有强弱之分。

在上述例子当中，同住一个房间却得了感冒的小 C 就是自我保护能力弱的代表，而小 A 是自我保护能力强的典型，小 B 则处于两者中间。

自我保护能力很强的人，无论环境发生多大变化，都能泰然处之，这就是钝感力。小 A 的钝感力在三人当中无疑最为出色。

适者生存

能够针对外界的各种变化，及时调整身体状态，很快适应环境，我们一般把这种能力称为“适应环境的能力”。

广而言之，这种能力不仅包括适应外界气温与气压变化，而且包括能够轻而易举地适应人际关系、社会状况的能力。

例如，有的人不仅能在自己土生土长的城市生活，到了别的城镇或城市，也能很快融入其中，很好地生活下去；就算到了一个自然环境、人文环境都不相同的世界，也能开朗、健康地生活。

在如今这个国际化的时代里，无论到哪个国家，处于怎样的环境之中，都能精神饱满地生活下去。没有什么比这种适应环境的能力更为出色、更为强大的了。

这种适应环境的能力的原点就是钝感力。

凡有宏图大志，希望能在更广阔的天地中成就一番事业的人，都应该首先确认一下自己的钝感力。认为有的话，就要倍加珍惜；觉得自己缺少钝感力的人，就要加紧培养。只有我们拥有更加坚强的钝感力，才能融入各种环境当中。

第十七章 伟大的母爱

母爱集钝感力之大成。

经过分娩的疼痛,从自己腹中生出的孩子,无论做什么事,都让母亲觉得可爱,亦可原谅。

这种可以原谅一切的情感,正是产生钝感力的原点。

在最后一章,我们当然应该探讨一下母爱。

母爱为什么能够集钝感力之大成? 很多人或许觉得不可思议,但是读完后,我想大家自然就能明白。

喂奶

孩子出生以后,母亲自然要一直守在孩子身边,进行各种各样的照顾。

在育儿过程中,美好的事情,辛苦的事情,郁闷的事情,讨厌的事情,等等,可以说数不胜数。

例如,亲自给婴儿喂奶就是其中之一,这是作为母亲最先要做的一件事。在给婴儿喂奶的时候,母亲敞开胸膛,露出自己的乳房,让孩子将乳头含在嘴里。这一场景,作为最能体现母爱的经典画面,无数次地出现在西方画家的笔下。同时对于一个母亲来说,喂奶肯定是她最为心满意足的时刻。

但是,换一个角度来看的话,作为一个女性,喂奶的姿势可以说多少显得有些放肆或不够雅观。至少从男性的立场来讲可能如此。

然而,做母亲的根本无暇顾及这些,因为喂奶是母亲对于孩子的天职。因此,无论多么漂亮的母亲,此时都会无所顾忌地敞开胸怀,在这种时刻,母亲只会为自己的行为感到欣喜,几乎没有什么羞涩或难为情的感觉。

母亲的这种行为,正是一种钝感力的表现。换言之,没有钝感力的话,是绝对做不到的。

"为了让孩子喝奶,根本无暇顾及难为情之类的事情。"母亲们肯定会说。事实也正是如此,她们的话中没有掺杂半点儿虚假和言过其实的成分。

而此时男人能做的可能唯有惊讶、感叹而已。因为他们从未见过在人前裸露自己乳房的女子。再开放的女子，就算在海边一般也都会戴着乳罩。但是一旦到了给孩子喂奶的时间，即使周围有人在场，母亲也会毫不犹豫地敞开自己的胸怀。

这种举动如果不能称之为钝感力的话，那么应该叫作什么？我们只能认为，作为母亲的自信和自觉，使女性掌握了钝感力。

夜里的哭闹

在婴儿哺乳期间，母亲在各个方面都与孩子紧密相连，几乎完全以之为中心了。看着正在为哺育幼小婴儿而整日操劳的母亲，我们真可以想象两者已合为一体了。

比如给孩子换尿布，不仅一天当中要换 N 次，要接触孩子的大小便，而且为了随时掌握孩子的身体情况，还要闻其气味，确认大小便的形状、颜色等。

这种事情恐怕只有母亲才能做到，而且只限于自己的孩子。一般来说，再喜欢孩子的女性也不会去闻别人家孩子的大便，更不用说没生过孩子的男性了。

能让这种充满母爱的行为产生的基础和动力，正是她们所具备的钝感力。正是这种力量使女性分娩后觉得孩子无比可爱，并心甘情愿地付出自己的一切。

在哺乳期间，母亲当然还要不断受到孩子哭闹的困扰。

实际上，小孩困时、饿时、热时都会哭。小孩的哭声既是诉说，又是撒娇，更是生命存在的证明。

当然，实在精疲力竭、应付不了的时候，对于哭闹的孩子，母亲也会生气，甚至还会频频发火。一些母亲甚至会在这个时候患上育儿期神经衰弱症。

但是，绝大多数母亲对孩子的哭声并不怎么介意。相反，在她们听来，那不是单纯的哭声，而是孩子对自己的呼唤，是爱的留言。

这种逐渐习惯孩子哭声的过程和状态，正是拜钝感力所赐，也只有母亲才能适应。所以那些对多数人来说难以忍受的哭闹声，在母亲听来，却算不了什么。这种迟钝的反应和钝感是人类单独赋予母亲的能力。

即便是孩子的父亲，也未必充分具备这种钝感力。虽然程度比他人好些，可也做不到像母亲那样，能够平静地接受小孩的哭闹。因此，他们常常在晚上从不时哭闹的孩子旁边拿起枕头逃到别的房间去。

此时，他们还总是把责任推给公司，"明天还有工作，所以我要去别的房间睡觉"。

可爱的污渍

孩子稍微长大之后，就到了所谓离乳期，但是母亲那出色的钝感力却并没有衰退。母亲仍要寸步不离地喂孩子吃饭，可孩子却未必听话。

即使母亲把精心准备的松软米饭，容易消化的鱼肉、蛋黄等喂到孩子嘴边，孩子也不会老老实实吃到嘴里。有时刚以为孩子要把勺子里的米饭吃掉，可孩子突然又不愿意了，有时还要把饭菜吐出来，有时则把饭菜洒得到处都是。

母亲在这种时候总会时刻注意孩子的一举一动，不是给孩子换脏了的围嘴，就是把洒在周围的米饭捡起来，有时甚至将饭放进自己嘴里。

说实话，这种事情普通人很难做到。这里"普通"两字指的是母亲以外的人。对他们来说，孩子吃饭时的情景又脏又乱，不堪入目。

这种行为除了钝感力以外，恐怕没有其他的解释。

经过分娩的疼痛，从自己腹中生出来的孩子，无论做什么事，都让母亲觉得可爱，亦可原谅。

这种可以原谅一切的情感，正是产生钝感力的原点。

母亲当然并不是对任何脏乱状态都变得钝感，只有自己心爱的孩子的污渍,才能使母亲变得钝感。

原谅孩子的母亲

以上谈到的母亲对于孩子的钝感力仅是冰山一角。孩子无缘无故的撒娇,随着年龄的增长显现出来的任性、自大,所有这一切母亲都可以做到原谅和宽容。

在所有的事情当中,母亲最为坚强、伟大的,就是对于自己犯了罪的孩子也能原谅的宽广胸怀。

对于那些犯罪之人,一般来说,所有人都会感到憎恶,不可原谅,并要求他们受到法律的严惩。

此时,对于那些四面楚歌的犯罪者来说,唯一能够向其伸出援助之手,使其在心灵上得到救赎的,就是犯罪者的母亲。只有母亲,才能坦然自若地面对自己孩子犯下的罪恶。她们可以毫不胆怯地握住罪犯的手,和其一起哭泣,互相安慰。

而且,大多数人不会批评母亲这种自私的钝感力,这种静静的守护,任谁都不能对其进行责骂和非难。

母亲与子女之间这种生死与共的关系,是由最为强大的钝感力形成的,我们这样说并不过分。

生过孩子的女性和没有生过孩子的女性,以及没有自己孩子的男性,这三者拥有的钝感力存在着决定性的差距,这些差距将会对这三者今后的生活方式产生巨大影响。

以上用了十七章的篇幅，围绕钝感力进行了论述，由此我们可以知晓，世界上不仅仅存在敏锐聪慧这种才能。相比之下，不为琐事动摇的钝感，才是人们生活中最为重要的基本才能。

而且，只有具备这种钝感力，敏锐和敏感才能成为真正的才能，从而在人生的道路上发挥其应有的作用。

图书在版编目（CIP）数据

钝感力 / （日）渡边淳一著；李迎跃译. — 青岛：青岛出版社，2017.12
ISBN 978-7-5552-6280-0

Ⅰ.①钝… Ⅱ.①渡… ②李… Ⅲ.①随笔 – 作品集 – 日本 – 现代
Ⅳ.①I313.65

中国版本图书馆 CIP 数据核字（2017）第 272460 号

钝感力 by 渡辺淳一
Copyright © 2007 by 渡辺淳一
Simplified Chinese edition copyright © 2018 by Qingdao Publishing House Co., Ltd.
This edition arranged through Chuzai International Co., Ltd.
All rights reserved.
简体中文版通过渡边淳一继承人经由中财国际株式会社授权出版

山东省版权局著作权合同登记号 图字：15-2017-237 号

书　　名	DUNGAN LI 钝感力
著　　者	［日］渡边淳一
译　　者	李迎跃
出版发行	青岛出版社（青岛市崂山区海尔路 182 号，266061）
本社网址	http://www.qdpub.com
邮购电话	0532-68068091
策　　划	高继民　刘　咏
责任编辑	杨成舜　霍芳芳
特约编辑	张姗姗
封面设计	末末美书
照　　排	今亮后声 HOPESOUND pankouyugu@163.com
印　　刷	青岛国彩印刷股份有限公司
出版日期	2018 年 1 月第 1 版　2024 年 6 月第 46 次印刷
开　　本	大 32 开（890mm×1240mm）
印　　张	4.5
字　　数	70 千
书　　号	ISBN 978-7-5552-6280-0
定　　价	32.00 元

编校印装质量、盗版监督服务电话　4006532017　0532-68068050
本书建议陈列类别：日本·畅销·励志